ワシオ・トシヒコ定稿詩集
われはうたへど

コールサック社

ワシオ・トシヒコ定稿詩集

『われはうたへど』

目次

ワシオ・トシヒコ定稿詩集『われはうたへど』

ペーパー・イズ・ゴッド
――1943年・羊年生まれ紙バカ一代素描

アメリカ軍の艦砲射撃浴び
逃げ惑う鉄と魚のまち釜石
一九四三年十二月十九日
ギャッと小さな奇声を突如発し
少年は生まれた

情況の「恐怖」
以来その二文字こそ
人生遍歴を貫ぬくキー・ワードとなる
振り返られるほどの麗人だったらしい母の生涯の扉が
過度の精神的緊張と疲労で
まもなくわずか二十七年間で
命の扉がパタンと閉じられてしまう

二歳の少年と姉を遺して

神経質で脆弱に育った少年は
ほとんど家の中を全宇宙とし籠り育つ
とにかく泣き虫だったらしい
可愛がってくれる爺《じい》が居ないといっては叫び
あとを追いかけ周囲を困惑させる
仲間と天と地の間を駆けまわるなど夢のまた夢
ひねもす本の迷宮城をさまよい
ありとあらゆる紙という紙に
何やら文字や絵のようなものを落書きし
果てには切ったり裂いたり一人悦に入る
要するに紙バカだったのだ
いかにも羊年生まれらしいではないか
やがて
戦争下の家庭によくあったように
夭折した姉の妹が父親の命ずるまま

犠牲的精神で新たな母となる
そして
兵隊として大陸から生還した父親と名乗る蛸入道のような男に
無理矢理連れられ上京
巨大な都市生活の恐怖が日常化する
大学から途中で逃げ出した少年の食らうべき職といえば
高校・大学などの教員　校正マン　コピーライター
雑誌編集者　美術評論家など
ことごとく紙に因む仕事ばかり
迷える羊のように紙を喰べつづけ半世紀
きょうまで青息吐息で何とか生き延びられたのも
神だった紙のお陰なのではなかろうか

老いた少年がこうして今
遠景となってしまった時間を恐る怖る手繰り寄せ
紙に急ぎペンを走らせ尻を拭い
トイレの水で勢いよく流そうとする
まるで畏敬するあの金子光晴みたいに

ああ人生　ラスト・スパートのささやかな快感よ
少年に取って紙こそやはり神だったのだ

釜石港

甲子川近くに住んだ頃の愉しみ
それは
たまに祖父に連れられて行く
及新百貨店から眺望する巨きな港湾だった
ギリシャやノルウェーなどの国旗を翻し
入港する外国船の眩ゆい輝き！
少年はどんなに胸をときめかせたろう
セーラー服の水夫がそぞろ歩く市街
サルトルの「嘔吐」にその名を留める
鉄と魚の三陸沿岸都市かまいし

〈この山住みの丸三年は
　あたしに真の青春を教えてくれた〉
戦前の文壇を賑わせた長谷川時雨が

かつてこう回想し更に記す
〈県道からグッと下におりて
大きな岩石にかこまれた瀬川の岸に
岩を机とし床として
朝から夕方まで水を眺めくらして
ぼんやりと思索していた
ある時は水の流れに書いても書いても
書きつくされないような小説を心で書き流し〉

海はしかし
にわかに牙を剝いて荒れ狂うことがある
一九三三（昭和八）年三月三日深夜二時すぎ
地震後の大津波が全域を急襲
数千もの命と家屋を呑みつくし焼きつくした
屋敷を喪なってしまった祖父も
すでに今は亡い
小高い石応禅寺の木蔭にくつろぎ
海の表情をひねもす窺っている

不惑の年齢に達した少年の私はといえば
大海にまだ自分の旗を掲げきれずにいる

ヤマツツジの頃

祖父の背中に隠れるようにして
少年は山や丘へよく登った

おそい春からはやい夏にかけ
おんなになりかかろうとする自然には
野性がどっとあふれ
澄みきった大空といっしょに
彼女たちもまた
にぎやかに笑っているように思われた
なかでも躰をよじって
よく笑っていたのがヤマツツジである
そのたびに少年は
わけもなく耳朶をほんのり紅く染めあげた

おとなになった山川太郎氏は
ときどきこっそり
背中のように広がる都会の灰色の壁に
望郷のスクリーンを逆転させてみる
そしてあの赤紫がかったヤマツツジの群生が背景として映る
汗ばんだ小さな掌を握るやさしい大きな掌の感触をいとおしむのだ

祖父はもういない
おんなたちも老いたのではなかろうか

屋外映画会

揺れて波打つのが
多感な小さいこころだけでない
スクリーンも負けじと揺れる
角兵衛獅子の杉作少年へ迫る危機一髪
どこまでもつづく一本の道
白馬に跨がって颯爽と疾駆するアラカン天狗の
正義の一陣の風
湧き起こる万雷の拍手
鳴る口笛
飛ぶ掛け声
学校の夏の庭には
熱い共感の花がいっぱい咲いた

杉作だったわたしも早や還暦

祖父の面影に似たアラカン天狗が
天への道を駆け昇り
はるかな頭上で冷やかに輝いている
スターになったスター
この喩えが限りなく美しく寂しい
時の風もしらじらしく
人々を真底から解放しない
堅く閉ざされた夜の校門みたいに

少年

あふれるひかりのなかで
少年たちは
百の目
百の耳
百の鼻
百の口をもって遊ぶ
だが

少年はやがて
重く垂れさがった空のもと
二つの目
二つの耳
一つの鼻
一つの口をもつ青年となるだろう

のこされた目
のこされた耳
のこされた鼻
のこされた口に
不信のガーゼをいっぱい詰め込んで

嫉妬

桃色の砂漠に囲まれたタヒチ島の
厚化粧した植物群の木陰で
あなたがゴーギャンに
抱かれている夢を見た
タヒチのグラマーの
冗漫な愛撫になれたこの初老は
今度は端正な日本の輪郭を欲した

お帰りなさい　お帰りなさい
この灼熱のもとでは
得体の知れない
甘美な香料によって創られた
妖婦たちのようにはいきませぬ
あなたの精神と肉体は

愛によってでなく
熱によって焦されまする

神経衰弱期

肉のない腕の血管が
にょっきり盛り上がり
汗でねばねばした手で
こわばった髪を
せわしく掻き分ける

昼の物思いに晩年が
夜の脳髄には
スイス製の時計が潜み
女が男に
青が赤に
曲線が直線に視える

景色がない

刃物で分析する倫理だけがある

心象海景

旅人のなかの
深い夜の海
切り立った岩肌
重く　鈍く
打ち寄せる波
打ち寄せる波
崩れ去る波
徒労の波
ただ荒寥として
何も棲まない
何も獲ることのない無意味な海
東北訛りを繋ぎ合わせたような
海の平面

夏のゆうべのメルヘン

夢だったのでしょうか　あれは
遠いロンドンの街角から
流れ流れて来たような霧が
おぼろにかかり
それでも白雲が峰をつくり
それでも蒼空がありました

そこは海の上だったのでしょうか
水で少しばかり濡れた板張りの足もとが
想い出したようにゆっくり揺れ
とにかく周囲には
風景がありませんでした
ひんやりした透明の気流が清々しく
辺りを覆っているだけ

〈ボクノ眼球ハソノ時、不思議ニモ
サルヴァドール・ダリノ絵ニデモナリソーニ
ヒドク細カナ網ノ目デ包マレテイタ〉

大人たちは広い檻のような蚊帳の中で
ただ瞑想か妄想の毎日を送っていて
そこにひとりの少年もいたのです
けれど少年は落ちつけない
網目に止まっている一匹の美しい蜉蝣《かげろう》が
逃げださないように看視する役目をもっていましたから
大人たちが網の糸を切って
何処か途方もないところへ行ってしまうのに紛れて
逃げはしないだろうか——
ときどき網の目めがけて直降下する
あの黒い不気味な海の鳥に
喰われはしないだろうか——
そう思って少年は

一時《いっとき》も眠れないでいました
いつ消え果てる蜉蝣の命とも知らないで

花びらのように

たとえ　あなたのあのひとに
何気なく投げかけるのでなくても
そう　いつもいつも
花びらのように優しく
ほほえみを散らしてはいけない

あなたのほほえみで
遠く忘れ去っていた
ことばにならない愛を
静かな細流《せせらぎ》のように
呼び戻せたこのぼくが
今度はそのほほえみの中から
かなしみと苛立ちをもって
わりきれないことを厭うモダニストのように

陰険に　執拗に
或る一つの合理な意味を
さぐろうとする

だからそう　いつもいつも
花びらのように優しく
ほほえみを散らしてはいけない
あなた自身のために
ふるえるぼくのために
誰かのために
そしてやっぱり
あなた自身の
調和した透明さのために

かなしみは

かなしみはぼくの倦怠《アンニュイ》
かなしみはぼくの昼下がり
かなしみはぼくのトウキョウ

かなしみはぼくのエアー・ドア
かなしみはぼくのシャンソン
かなしみはぼくの靴音
かなしみはぼくのテーブル
かなしみはぼくのティーカップ
かなしみはぼくの対話
かなしみはぼくの闘い
かなしみはぼくの沈黙
かなしみはぼくの溜息
かなしみはぼくのレジスター

かなしみはぼくの倦怠
かなしみはぼくの夕暮れ
かなしみはぼくの鼓動

平泉

生暖かく濁った雨が降りそそぐ
四月のある土曜の宵
日々に虚しく連続する
非人間的仕事を放り棄て
冷たい借金し
誰に　内緒のひとに
鰹節と梅干入れたおむすびつくってもらい
煤け顔の鈍行列車に
おれは独り乗り込んだ

なつかしくも呪わしげに匂う
上野すていしょん発って
喘ぎ　喘ぎ
やっとの思いで運ばれ着いた古都・平泉

駅前をぶらり
ぶらぶらしていると
お客さん中尊寺へ行って来たが
乗合馬車の爺さんにひと声かけられ
いやいや積み込まれて駈ける
史垢《しあか》でぎしぎしぎしたおんぼろ馬車よ

馬車が通る
馬車が通る
おれ様通る
豆腐屋のらっぱ鳴らし
かつて黄金の花咲き乱れた街道に
疲れて黄色い馬の
生産進行形の黄金をぽたぽた落しながら
老馭者
来る　通り過ぎて行く車に
いちいち敬礼しながら

馬にまた一鞭くれる

もちろん
旅人に過ぎないおれのことなんて
この際どうでもいいいんだが
それにしても奴は
すっかり陶酔しきった調子で
そこらの風景を説明しすぎる
お経がかった古代語で
高館《たかだち》を　衣川の合戦場を

おれは何だかかなしいぞ
北上川
束稲山《たばしねやま》
金鶏山
あの白い雲の流れが
おれをおいてきぼりにするようで

おかやどかりよ

時として
同胞にも近い親しみさえ感じさせる
おかやどかりよ
おれはおまえの過去など識るすべもない

沖縄諸島
先島《さきしま》諸島
台湾
ふぃりぴん諸島
それらのいずれかの陸地に棲んでいたのだと
露店のあんちゃんが
得意気に教えてくれはったけど
所詮嘘八百のやくざな人間の言うこと
あてにはならない

おれも千に三つの部類の人種なれど
断然神に契って
良心的憶測を試みるならば
おまえが生まれ落ちたのは
紀伊半島沿岸か
そうでなければ
まっくろくろけの東京湾

職から職へと疲れ果て
ついには只今るんぺん中のおれが
おまえと出遇ってしまったのは
中央線むさし小金井駅北口広場
死んだふりして生きてるほど
臆病なことにかけちゃ
おまえなんかに半歩も引けとらぬ
このおれ様なれど
おまえを買うのがさすがに

とても恥かしやんした
だからどれにしますと
遣り手おばちゃんならぬ
売り手あんちゃんに声かけられし時
いきなり白い洗面器へ手を突っ込んで
夢中でつかまえたのが
不運なるかな
おかやどかりよ　おまえさん

それにしても醜いなぁ
絶望の海辺の掃除夫よ！
いったい何があったのか
おれは知りたい
おまえにまつわる海のドラマを
いつの日か気付いたら
とうに大人になりそこなってしまっていた
おれのように

蟹になりそこなって
やどかりにされてしまったというおまえ
海老にもなりそこなって
借家から借家へ
流れ流れて
やどかりにされてしまったというおまえ
海に逆らい
海から追われ
海を悠久に忘れてしまったように
陸に上がったきりになってしまったおまえ

おまえよおまえ
渚に打ち寄せられた屍体を喰べて
やっとこさ生きて来た掃除夫よ
前世にいったいどんな罪を犯したというのか
罪を償うためにおまえは
ひたすら掃除してきた！
不浄の海辺を

ある女のイアリング

名もない
やすらかなみどりの花のなかで
よごれ
あえぎ
もだえる
黄色い華芯
かたちよくととのった
やわらかな耳たぶに喰いこむ
無慈悲で成り上がりの金具

あした東京に帰る

あした東京に帰る
米つきバッタのような田舎江戸っ子国語教師よ
作法をサクホウと読む芭蕉気取りの
もう一人の兼任国語教師よ
まるで餓鬼大将みたいな組合分会書記長よ
グループで買物しなけりゃ
プライドの傷つく公舎住まいの先生夫人方よ
一本六十円の暴利なバナナを
たったひとつだって値引きしてくれない
飯屋のしっかり母ちゃんよ
ああ　さいなら福岡
福岡は福岡でも
洗わないふんどしを転がしたような
岩手福岡の街

床屋と旅館とりんごの
ご城下町よ

自伝風の小噺

頭わるいぼくだけど
御国《おくに》のお偉い先生方のように
太りたくて　たまらなくて
医薬書頼りに食べました
トイレ往き往き食べました

呪い食べました
ことば食べました
おんな食べました
階級食べました
ヌラリ　ヌラヌラ食べました
おっかなびっくり食べました
食べて食べて　食べつづけ
ちょっぴり　わくわく

鏡へ向いました

なのに
なのに
レ・ミゼラブル
そこはもう　最新手術室完備の
内科医院の中でした

文化の日に

〈戦争〉
〈平和〉
このことばに感謝しよう
われわれや　われわれの祖先は
このことばによって
いかに退屈せず
いかに人間らしく生きて来たか
このことばの沈黙する時
人間は人間でなしに
まったく一匹の動物に変貌する
そうして

地球に訪れる
正真正銘の弱肉強食時代

動物はくたくたに疲れる　くたくたに
すると忽ちそこいらは
濁り溢れる精液の海となり
地球全体を溶かしてしまう
再び歴史が繰り返される
一つの厳粛な儀式とも知らずに
そういえば

今日は日本国・文化の日　昔　天長節の明治節
ありがとう！
平和のための
戦争のための
平和の闘い
平和とは何かなんて
平和のために闘っているあなた方に
決して言わないことを誓って

ある期間の駅頭寸景

おはようございます
皆さま朝早くから
お勤めご苦労さまです
私も永い間皆さんのように
（家もマイカーも持てないお前達のように）
この電車を
（荷物電車を）
利用させていただいたのでありました
えー　右や左の旦那様方
あわれな乞食でございます
どうかお恵み下さい　どうか施しを
おお　似てる似てるこのトーン

清き一票をどうぞ手前に

浄きお金をどうぞ私に
お恵み下さい　施し下さい
お願いします
お願いします
おお　似てる似てるこのトーン

菊印の亡霊から
栄えある招待状を
拝受しそこなった
ふじやま国の善良な乞食たちは
先だっての
世界大運動会開催を契機に
文化国家としての体裁から
首都の美観をそこねるという理由で
ある日ある夜半に突然
強制清掃されたというけれど
いるよいるよ
子分引き連れた仮面の親分乞食

朝の駅頭は殊に壮観である
出迎え早々とご苦労
政治乞食諸君！

一九六〇年代中頃の空

世界が空に閉じ籠められ
今や空はアスファルト

よく視つめれば
空はやはり
昔の空なのだろうけど
そこまでぼくらを惹きつけない
惹きつけないのでなしに
ぼくらの眼にもう
あの紺碧を探して確かめる
余剰エネルギーがないのだ
ぎりぎりに残された活力は
この地上で演じる
ささやかな生の営みのために

大切にしなければ
こればかりは
マス・プロ人工目薬ではどうにもならない
そんな時

この濁りきった地球の壁をぶちぬいて
まだ微塵の汚れもない紺碧を観せようと
新しいエネルギーを
外から導き入れようとしている奴らがいる
けれど占有欲にもえた彼らは
本当はぼくらに
何をもたらそうとしているのか

タネ切れ手品師は唄う

1

物価があがり
スカートがあがり
アポロがあがり
世にも不可思議な果実である
アンポ柿とかいうやつを
食うべきか　食わざるべきか
巷で議論がぐらぐらしているとき
舞台では
タネ切れ不巧妙手品師
知らぬ顔の半兵衛さんがいと困り顔
さぁどうする　どうなる
わが手品師よ

2

やがて半兵衛さんが
桃色の手袋はめて唄う
水の上の水の動き
水の下の水の動き
そのはざまでゆらゆらするおいらには
いのちの幕が開いたときから
永遠が閉ざされ
他人《ひと》さまのご機嫌うかがいながら
やっとこさ息してきた　ああ息してきた

胃が唄い
胃が考え
胃が笑い
胃が嘆き
胃が怒り
胃が騒ぐ日々
夢見ることを夢みる毎夜
夢みることを夢見る毎夜　ああ毎夜

この夏　この日々の不安一九六九年
それがおいらの人生の重さ
あるいは軽さ　ああ軽さ

3

屋外では葬儀コンサルタントが待っている
この灼熱の太陽のもとでは
ひよわな思想などこっぱみじん
まもなく
知らぬ顔の半兵衛さんが
洋式トイレのなかで最期をとげた

葬式の前を
けらけら笑って　通り過ぎる観客たち！

身売り話

秋風が立ちはじめると
俗に汚れてならないものとされる
オトコの顔の履歴書に
二行近くの厳粛な一身上の理由か
そうでなければあっさりと
家事の都合とかが白々と記録され
やがて時価・月給二万五千円也の正札貼って
再び繰り返される
話したくない内緒の身売り話

別にあの泥溝《どぶ》ネズミ色の上衣着て
おとなしく優しい細首を今更
忍従のタイで締めたくなったわけでもないけれど
大めし食らいの腹の虫が

職を　職をと
恥かしくも泣きわめきなさる
〈ネ　今度こそ逆らわないで働く覚悟が
ちゃんと出来てるわりに格安ですよ
コノ私買いませんか社長さん？
あなたのポケットマネーの
ホンノ一部と引き換えに――

鉦鳴らしや
太鼓たたきのいない
いやさ嫌いな　オトコごころにとって
頼りになるのが
型どおりにウインクしてる新聞の職業欄と
迷路へ誘い込む赤い地図帖ばかり
そんな時
どこからともなく流れ来る
ベトナム・ニュースの虚ろさよ

かたち

おれのかたちは鏡にうつらない
ましてあのひとの生命《いのち》にさえうつらない
夜毎に押し寄せてくるかなしみの波は
おれの闇をいっそう黒々と洗い
おれのこころに写らないおれのかたち

《孤独のなかにいる若者にとって
　女は鏡の役割をはたすだけなのか

聖処女よ！
永い白日の睡りから醒めるために
おれはおまえを待っていた
おれが最後の最後に信じるのは
おれの唇　おれの歯

おれの唾液　おれの胃袋
おまえをほんとうに自分のものとするには
おれはおまえを喰べるよりしかない

その瞳よ　おれ以外のものを視るな
口よ　決してことばを発するな
耳よ　辺りの音という音をとらえるな
その皮膚よ　おれ以外のものに触れるな
さあ横たえてくれ
この大皿の上に
おまえの蛇性の肢体を

冬――熱い紅茶を啜りながら

いまさら
枯れた季節の悲劇は
早春のロマンスを孕むための
厳粛な陣痛だなどと言っても始まらない
悲劇は悲劇として終るしかないのだ

光る雪　実は薄氷――の下に
罠がしかけられているとも気づかずに
ぼくは走った
そのひとの背中を追った
結局ぼくのやったことといえば
見事に張った薄氷の世界に
ひとつの大きな亀裂を遺すだけのことでしかなかったのだが

そういえば
そのひとは雪の正体を知ることもなく
優雅に逃げ去ってしまった
もしかしたら虚空に翻っていったのかもしれない
ぼくはかなしくも
それを夢中で追っていたのだ
虚空から花を摑み取ろうとしている
絶望者のように

あれが悲劇というやつだったのか
いやいやあれは
目にしみる白さと
枯れた季節の最後の灯りのせいではなかったのか
あいづちをうつのに懸命な女と
その女に
自分の思いを訴えることで忙がしい男との
黄色いテーブルを前にして

パントマイムでも眺めるような空しさで
熱い紅茶を啜りながら

新宿夜色

くるまと人々は
傾きかけた巨大な石油タンクから
こぼれ出たオイルのように
ジャングルの巷のありとあらゆる舗道を
百華に点滅するネオンに映されながら
どろどろと重く
とどまりなく流動している

街は蜜の危機でいっぱい
酒場も
地下劇場も
レストランも
シューズショップも
それから

恋人同士の掌と掌のはざまも

オイルはやがて
酩酊したように狂い咲く
ネオンによって点火され
このひと夜を
今日もまた燃えつづけるのだろう

街は炎の波
星が
限りなく高い位置で
聖く冷やかに光っている

ああ痩せ蛙

男・山川太郎氏がご不浄にはいり
小用果してアレふるうサマは
まさにいま！
ジャンプしようとする
一匹のベトコン風痩せ蛙にも似て
実に勇ましいかぎりなのだが

どうしたもんか
ヤツはそのたびに
面している壁の裏側から
メガネのようなぱいこちゃん
鼻のようなおへそ
口髭のようなあすこの毛
唇のようなあすこが

わっと迫ってくるようで
実に怖いんだという
田園の唄失くした
心やさしいサラリー蛙ちゃんの
ネオン街でのいつもの酷薄告白である

箱舟

フォークソングやシャンソンのように
流れるままには流れない日々の営みよ
悔いや疲れが濁流となり
めざすサンデーの大海
月光をあび
瞑想する契りの夜よ
だが

つぎの夜にはもう
ネオンのとまり木
火のウォッカだ
裏口のバケツの水をかぶれ
原野の樹木のように
背筋をのばせ

階段の金につまずくな
路次裏の土の魂を忘れるな
急流にさしかかり
どもるように吠えるのが
河ばかりでなく
列島怨歌

サンデー
難破した七日めの秘匿の箱舟
の残骸
の虚ろな安逸
（アララテ山は遥か夢の化石）

東京郊外行終電車

西武池袋線5番ホーム
24時17分発所沢行最終電車
乗車位置目標は6
おお　この位置の先頭に立つことこそ
部課長の椅子を約束された以上に
確実で安らかなオトコの誇り
一日の平凡な行為の
非凡な完了形を載せ
死亡を予告されたような
脂肪太りの重役よりは遥かに頼りにされて
郊外行電車は滑り出すやがて

乳歯の抜けきらない学生運動家が乗っている
数匹の男獣を喰べて

血塗られた唇の年増女が乗っている
狐が乗っている
狸が乗っている
猿面冠者が乗っている
その中でとびっきり
美しくてまともなのは
定期券で通ってる
酒場のソーニャじゃないかいな
東京郊外行終電車は
走る三次会の大衆酒場

いま何という駅を通過しているのか
そんなことはどうでもいい
ただひとりひとり
紛れもなくひとりひとり
黙って深い闇世へ消えて行く

今日もまた

軍艦まあちとともに
きょうもまた東京名物
戦いの朝がやって来た
守るも攻めるもおれひとり
足腰鍛えていざ出陣……

けれど　けれどです
おいらの両足行方不明
おいらの両手万歳すたいる
おいらの両眼
商業主義のびら虜《とりこ》
おいらの両耳芳一さん
ああ往くよ往くよ人間荷物電車

やがて運ばれ着く
じゃぱん・かすみびる4階44号室
まずは
口笛吹きながらといれへ行き
豪華なあくびして机に向かい
あとは虫も殺さぬ雛人形

やがて来る　また来る
解放の宵　開放の夜
休むも眠るもおれひとり
足腰伸ばしていざ帰還……

けれど　けれどです
あいにくおいらのどる入れすっからかん

〈ここまで書くと、さらり・まん氏はぺんをそっと置き、深く深く溜息をします。なぜなら彼は、死ぬ理由も見出せないので、生きていかなければならず、当てもなく、これから金策へ出かけて行かなければならないのですから。彼は無意味な重い腰を上げました。

こうして
いつの間にやら暮れる
給料日前々日平穏日

白日夢

大気が伊豆天城あたりの澄明さを思わせ
素足に絡みつく粘液質のグランドは
北陸地方のように茫々とさびしい
そうなのです
男はいま
腰に洗いざらしの手拭を巻き
まっ裸でぬかるみを歩いています
やくざな親分さんと覚しき人物と語らいながら
あと数分後に
彼はこのグランドの特設リングで
ボクシングをやることになっているのです

親分さんの興業師にそそのかされ
ボクシングするのはいい

手なんか出さず
相手の焦りにまかせて
からだを預けさえすればいいのだから
けれど小さな陰茎を
公衆の面前にやがてさらす慄きで
男の胸は徐々に昂ぶっている

たかぶる胸がたまらなくやさしい
そのやさしさは熱い蛇となり
地中深くもぐり込むことだろう
もぐりこんだ闇の亀裂から
はたして
明日の兆しが生まれるか

海

波波波の海は――
ブルジョア生活圏に属し
喩えてみれば
歴史光りしてるメイド・イン・ヤパン国の
ナイフとフォークを
自在に駆使する美食家で
ヴィーナス顔したハイミセス

《波波波の深い水底《みなぞこ》は
　華麗な白骨丘陵

波波波のミセスは
七色の衣裳をうねらせ
健やかな香気を放って

巧みに若者の心惑わす

ことに手に手を組んだバージン連れや
独りぼっちの若者が大好き
まばゆい逆三角形の肉体ばかりでなく
まったく驚くべきことに
せっかく築きかけた若者の
堅い論理の構造さえも
ぺちゃぺちゃ不遠慮に喰い尽す
それでまた波波波のミセスは
新しい滋養をいよよ貯え
碧く豊かな表情を見せて
次の餌食を貪欲に待ちわびる
だから若者よ

海こそ君らが自由意識の敵
彼奴に挑んでこれを毒し
透けるような下着に隠された

乳くさい海思想からの脱出を企ろう
さあ若者よ
逞ましいシンボルを突き出し
思いっきり海に向けて放尿しよう

ソウル特別市

――詩人キム・ジハの出没する風景

立ち塞がる玄界灘
朝鮮半島が仰臥する
新・征韓船のような船底に
仰向けになって
劇しい嘔吐を忍ぶ暗い旅行者
の脳裏に焼印されているのは
低く厚い雲で覆われた岳また岳の朝鮮半島

神戸からプサンへ！
だが裏切りは
車窓から目撃する郊野の遠景
荒涼としてのどかなポプラ並樹を征くのは
チマ・チョゴリをなびかせる女の微風

長煙管の翁に軽く鞭打たれて荷車を引く野牛だ

〈コレガオレ
　ノ索ネル原景カ……
暗い旅行者が明るくそうつぶやく
ソウルへ！
〈ソウナノダ
　ココハ島国ヤパンデハナイ
　半島トハイエ大陸の東襞
　北京・モスクワ・パリへト陸続スル
　ユーラシアの黄土ナノダ
ソウル！

ここでは働く裸の肉が蠢く
赤銅色の人間たちが安売りされている
人参酒を一息に呑めば長寿するか
現代という頭を支える伝統的肉体
直情径行するキムチの熱情

舶来の香水もキムチには克てない
意識が絶えず発熱する夢魔の日にち
ソウル!

かつて防寒のために伐採されたハゲ山が壮観だ
山に囲まれた都会にはまだ酸素がある
プンジョンホテルから見下ろす
バラック人家のキムチ甕《かめ》
すべての穴という穴が充たされなければならない
という夢はどうすれば見れるか
吹きっさらしの怨鬼の血を統ぐ群徒が漂泊し
遥かな白頭山《ペクトサン》をこころとして
漢江《ハン》は淀む
ひかりが闇に覆われるように
夜の列島に盗まれた朝の国
の首都の歴史はいまだ惨
ソウル!

20ウォンの東亜日報を
100ウォンといって押しつける
未就学の少年を許そう
花鋏をチョキンチョキン囃して
跳ねまわる飴売りと運搬屋チゲックンたちよ
年2回の白米以外は高麗青磁・李朝白磁ならぬ
ただのステンレス製容器に盛られた
麦めしの粗食に耐えられるか
ソウル！

南大門《ナンデムン》のマーケットで新鮮な海産物を屋台で商う
列島首都帰りの卑屈なひとりの老婆《オモニ》よ
ここはあの忌わしいヤパンではないのですよ
あなたの祖国だ
〈コノ暗イ旅行者ノ震エル長髪ハ
イカニモヤパン人ラシク映ルノダロウ
準戦時体制下の心情圏
ミッドナイト12時からは通行禁止

華麗な宮殿は太陽に向けて本当に建てられたのか
韜晦の常闇よ
発熱するアジアの魂
ソウル！　わが混沌

火の舎

列島に怨刺の謡充ちる火の舎
死渓谷背に屹立する火の舎の朝
わが列島の怨思を燃やせ火の舎
火の舎に拮抗の吃音高まれり
邪宗に魅入られし少女石の如く座す
怨み馳せ怨み募りフイルムは雨
滾り立つ血を撫でし邪宗の白手袋

哭け哭け灰春に哭け刃の岐れ
剃刀《かみそり》の思想に見離されし髭ぼうぼう男
喰われし太陽の血で染まる暁の海
水槽の底に孤り酒淫せる自称元詩人
嗤えば視える口腔《くち》の沈黙・黒
非人情に徹して貌洗う旅鴉
かなしみの刃先《きっさき》で嗤う蝶かな
冴え冴えと気が立つ神経林の孤独地獄
ここはどこの細道じゃ希笑院への細道か

列島鬼何学

(2)
血の海より赤
鬼
毒素より生れし緑
鬼

(3)
涯てしなき
優しさと殺意
の鬼
渡世

(4)
桜散る

桜花散る
鬼女桜花

(6)
むしゃむしゃ
可愛いさ余りて
憎しみ余りて
ばりばり

鬼
のキッチン
ライフ

(7)
鬼
のお小水
のプールで
あっぷ

あっぷする
神かな

(8)
怨！
怨！
と星夜にジャズる鬼
の館

(9)
リーンリーンと
ベル強迫し
鬼の耳は血
乱れ

(10)
高天下！

鬼
の髪
なびけゃ
秋

⑾
肉屋
に群れる鬼婦
貪婪

⒁
鬼児妊む

鬼
邪《あ》しき神と化し
畜生道を命ず
哭すこと

涯てなし

(15)

鬼
の万粒
の泪

のひとつ
は真珠《パール》

(16)

ことば
噛み
刻み尽し
愛の輪郭
は幻

鬼よ

⒄
嵐
去る

鬼の額に
また刻印
の皺

⒅
颪に吹かれ
ゆ〜ら
ゆら
ふ〜ら
ふら

鬼婆さまよう
夜更けデス

(19)
喜怒哀楽
のタレ
つけて食らふ
寂滅の肉
刺し団子

(20)
ギーコ
ギーコ
と謌す

夜なり

角切り
牙切り
爪切り

玉（魂）切り
の秘儀

(21)
期待
が奇態
と果てし
鬼胎
回帰

(22)
血と
毒素で
凝結されし鬼棲列島
の冬

(23)
角と牙

と爪
伸び
延びて
樹氷となりし鬼
かな

(24)
鬼
の虚妄の城
に飼われし天使
が流血する歳
の暮

(25)
北へ
行く鬼

探し
索ねる寂滅
の原景

(27)
創造主
の地球儀上
でまどろむ鬼
幻夢帖

(28)
婆か

爺か

婆爺なり
鬼婆爺デス
〈岡崎清一郎〉

(30)

流されざる血
で滾りたつ鬼
の殺意

(31)

喪いしおのれ
求めて破鏡
に貌映す
鬼

(32)

雲
を見降ろす
メカニカル鳥に乗りて
鬼
はめざす血潮

哭泣地に沁む
流人の島

(33)
海高く地
低き窓
明り断つ玉石垣
の家並

鬼
はどこに

(34)
猛り狂う
颪
のなかで
さえずる小鳥
鬼よ

生きるか

(35)
流すことなき血
に冷えし鬼！
赦
免
花
は咲かず
永遠《とは》に

(36)
鬼
胸に描きし血
下
で舞う蝶

(37)
花
咲く野辺
に鬼
の暗い cry

(38)
星
喰らい
星
嚙み
星
砕きし血
乱れし鬼
の口腔
に残る
砂

利

⑶9
列島大路小路
に沁みる鬼
の影

旅
行けば

⑷0
海
を背に
アカンベェする鬼
の顔に
目玉なし

⑷1

施餓鬼
のサーカス
経る雪いづこ

(42)
遠くうねる
禁
俗・怨
の鬼エロチカリズム

(43)
鬼
裂音発し
倒壊する意味
なき塔

(44)

空理
を空する鬼
の円卓会
議

(45)
濡れ手紙
乾かす鬼
の決意
かな

(46)
乞い
雨
恋い
雨
浮気晒し

雨
と鬼
との戯れ

(47)
鬼持てる苦実《くるみ》
のなかの
夜沈女《ナイチンゲール》
星子よ

(49)
優しさに
罪あり
涸れる鬼

哭
の海

(50)
（ワシ・オーキ
対
トシヒ・コーキ）

血の在処
巡りて争
闘する鬼
のなかの鬼
二匹

(51)
太陽
の黄昏

鬼の色

(52)
夜長
にわなく鬼
の臓腑
に糞する
蠅

(54)
鬼の一念
仏陀
切る

(55)
雲
の間

のさよなら
月夜
を視殺する
鬼

冬来たる

(56)
まんまる月
夜

に鬼
が握るア
ザラシタッチ
の冷やかな聖婦
の掌

(57)

疾る
夜
汽車
の灯りに鬼
は泪
の盲人
となる

(58)
でんぐり
返えり
またでんぐり
返えし

鬼
の角
は擦り切れて

(59)

あきの長
夜
に鬼
がとなえる
儚夢《ろまん》かな

天子幻

いつもの秘かな願い、いつもの時間、いつもの場所からその星が消え去ってからと
いうもの、なぜか男たちの魂に、少女天子が錘のように沈みはじめたのでした……。

1
酔うほどに醒める時代の　しゃべるほどにこ
われるコトバたちよ。
少女天子よ　さびしさの中心は凹みだ　だか
ら凹みに向けて　おれたち男は凸起する。凹
みの総体！　それが少女天子。

2
少女天子は　花を求めて鬼となって生きるお
れたちかなしい男のためにカラダをひらく。
少女天子は　自分の赤ちゃんを動物のように

イジメてかわいがる（限りないやさしさの大いなるぱらどくすよ）。少女天子は女の泪を流さない。少女天子のナミダは　小さな硝子玉のように透明で硬い。夜を畏れない少女天子。ガラス玉はコロコロコロコロ　ドコマデ転ガッテ行クノデショウカ。

3

少女天子の声はいつだって健やかだ。けれどナゼカ　こころの窓である眼の裏側に底深い沼を横たえていて表情がない。春が夏の兆しにすぎないように　秋もまた冬のためのつかの間のキザシにすぎないのか。夏と冬の季節しか知らない少女――天子。辺りを昏くすればきっと何かが視える。あたりのトバリを閉じて　少女天子は自分の深奥でゆらゆらする微かな灯りだけをみつめていたいと念う。

4

天子童顔。土と砂利だけを握ってきたような少女天子の骨太い手。少女天子の乳房は巨きく　マシュマロのようにやわらかい。尽きない母性のツキナイ貯蔵庫。チョゾウコを追いかけ　おれたち男は　巷のスエタにおいのする路次からロジ裏をさまよう。

少女天子ハオリマセンカ
少女天子チャンハドコデスカ
モシカシタラ
アナタガ天子サンデハアリマセンカ?

少女天子の青白い芯を被った熱いこころはおれたち男の全存在を包む。
少女天子は　きょうもどこかの闇を引き裂きながら疾駆していることだろう。血塗られた風の自転車に乗り　鼻唄を口ずさみながら。

5

さてみなさん　ここで非定型一句。
「散る散る身散る鬼の血をひく天使かな」

島

解剖台の上で　無惨に腑分けされた眼球のない男の肉体。そのなかに　島は幽かに息づいている。

……男は口腔が破壊され　血乱れるままに星を喰らい　星を嚙み　星を砕きつづけてきたのだった　この地の上で。けれどどうだ！口腔に残ったのは　結局ただの砂利だ。男が浮世を厭い　人を凌辱する鬼となって　おのれの深奥の島に籠るようになったのは　それからのこと。そういえば　鬼の色は太陽の黄昏色に近い。

空と海の境界に位置する島。波高く地低く

窓明り断つ石垣の家並。猛り狂う風のなかで島は囀る　風に吹き晒され　波に洗われた遠い日の島の儚夢を。でんぐり返り　またでんぐり返えして　おのれの角を擦り切らす鬼。海を背にし　アカンベエするその貌に　眼球はすでにない。夜空の星になってしまったのだ。

鬼の眼球が星になるつつ闇。花の芳香がたちこもる島の野辺には　名残りを刻む鬼の重い黯いＣＬＹがいつまでも地に響く　「聴け！天と地を馳けめぐるこの魂の軋み声」　星が瞬けば雨　潮煙が上れば大風となる島の日日。

般若の棲む居酒屋

時間に見捨てられ
街道沿いに置き忘れてしまった
あの夜の黒い塊りが気にかかる
あれは何だったのか

空からぬうっと出たご面相は
月光に映える般若だ
そういえば
坊主の呑む酒は般若湯といったっけ？
ひとつ生ぐさ坊主にでもされる思いで
赤提灯の影を踏もうか
またぼたん雪降ったら絶景だよ
絶景とは抜き差しならない心象風景
そこへ行こうよ

足をとられないように

ハイウェイの下には
般若が棲んでいる
（われら幻視者
修羅なき修羅を見るものぞ
ほぉい　ほい

串焼き

赤提灯の屋台で売っている
串焼き

あれは
群がる客たちから
「マドンナ」と呼ばれる少女が
食べ遺して料理した男たちの臓腑

さて
あなたも一串いかが?

汗

これは夢だ
夢なのだよ
わたしが叫ぶ
きみから逃れるために

わたしはめざめ
汗は冷える
気が遠くなりそうな白日の市街
の真っ只中

月

宵待草は
裏切りを食べ
黄色い花を咲かせる
それを眺めていらっしゃる
お月さま

だれか
月を射ち落とせ
とりすましたあの蒼い貌には
秘密が匿されている

ジャズ・闇

闇のなかで眼を開けていても
何もみえない
いらだちだけが波うつ

闇のなかで眼を閉じると
自分がはっきりとみえる
自分の闇がみえる
〈徐々に昂鳴るジャズ・サウンド

闇のなかにあるのがジャズであり
ジャズのなかにあるのは
これから生き死にする
新たな闇
かも知れない

雨

幼虫の雨
蟻の
雨
蝸牛の　鮭の　化石の
雨　雨雨
魚雨

さまざまな雨が
さまざまなことばで
さまざまの
国の　ひとの　皮膚の　血の
脳髄の
傷みのさまざまを
拡散され

中空になってしまった小世界のさまざまを
凝縮しさまざまに
癒し　潤しさまざまに
そしてさまざまに唱う
血の雨　泥の雨
雨はさまざまに刻む
〈夜　しずかな深いこころにだけ
　雨は雨として沁みこむ

墨雨
枯草の
雨　雨　硫黄の雨
榛《はん》の実の雨
五穀の
雨

顔の中の沈黙とことばと

ことばは沈黙から、沈黙の充溢から生じる。
――M・ピカート著『沈黙の世界』より

突出している鼻梁の動きは
ことばが外への出口を求めている証拠《しるし》
頬がことばを両側から被っている壁であれば
額の隆起は
沈黙が外部世界へ向かおうとしているのでなく
そこから露のように
内部へ滴たり落ちようとしている証拠
眼が顔の中の沈黙の集いに明るさを増す
二つの窓から発する光であれば

ことばが動けば！
翅は開き　蝶は飛びたつ

口線が一匹の蝶の閉じられた翅であれば
ああ　沈黙とことばとの
最後の境界

パリ

石が意志のように屋根となっている
石が意志のように柱となっている
石が意志のように壁となっている
石が意志のように床となっている
石が意志のように
おのれの躰にノミを当て
人間の汗と血と涙の時を彫る
そしてなによりも
石は人間の意志のようには
めったに裂けることがなかった
戦争の鉄の雨に砕かれる以外

nuit

――「佐野ぬい新作ドローイング展」に寄せて

色彩が空間を気ままに私有する
都市郊外南南西に進出した予感のように
唐突に線を引く
印象や記憶の区画を整理するように
時の過ぎゆくまま
幾層にも互いに透明に重なり合って

クロームイエローの扉
モーニング・ブルー
オフホワイトの視界
ラベンダー・サスペンス
オペラ色の午後……
ああ　なんと爽麗にそよぐ

明るく健やかな作風だろうか
画家はしかし

そっとサインする
いっぱいに広がる幸わせの画面の片隅に
ｎｕｉでなく
フランス語で「ｎｕｉｔ」
夜……と

時間の肉袋

――クレモニーニ画「想像の視覚の間で」

はるかな水平線から
朧のようにどろり
孤島の緑に打ち寄せる
コンポーズブルーの油絵具
凶兆のトランプが宙空に浮遊し
ランニングシャツの幼児が
熱い虚空へ右手を突きあげながら
こちらに馳けてくる

景観をやや俯瞰する
エッグホワイトのアトリエ
二脚ある椅子
一つには溶けかけのワイシャツが掛かり

もう一つには
奇態な男がいざり寄る
画家が不在で
パレットをもつ手だけがある

仕組まれた絵画空間が
やがてはっきり真っ二つに断ち割られる
血の滴った黒の太い帯線で
両眼の満月が地上へ降りるころ
獰猛な飼犬がこちらを窺う

打上げ富士

――高頭信子画「富士と花火」

耳にしたことなんかないぞ
目にしたことだってもちろんない
炎炎の夏でもないのに
新聞の一月一日号のフロントページに
富士山に花火の日本画だなんて
こいつぁ
春から縁起がいいわいなぁ

どんどん打上げろ　どんどん
じゃんじゃん打上げろ　じゃんじゃん
ミスター富士もびっくり仰天
不景気な風を掻き分けて
七色に彩れ

広い寒空いっぱいに
どんどん
じゃんじゃん

これぞ民衆のハッピー・ニューイヤー
現代のおんな絵師が描く祝祭空間なのだ
富士に旭日なんて
もうグッド・バイ　さようならだ
富士には花火がよく似合う

いろとかたち

——岡野浩二画「夜の静物」

あかはあかのかたちで
あおはあおのかたちで
しろはしろのかたちで
くろはくろのかたちで
きはきのかたちで
みどりはみどりのかたちで
たがいのありかをかくにんし
よりそい
はみんぐする
ふかいよる
みなぞこのうた

しぇいくはんど

しぇいくはんど
かたちがいろをもとめ
いろがかたちをもとめて
ときがめぐる
はなのように

描く線

まっ白な画用紙の真ん中
左から右へ
硬いペンで引くのでなく
筆で描く一本の水平線

線から下が地上の暮らし
線から上が予感の空
暮らしが予感の空を突きあげ
予感が
地上の暮らしを
さらに落とすこともあるだろう
そのたびに水平線が
小さく悲鳴をあげ
自分の位置をわずかにずらす

村

さわやかに胸はずむ季節
そよ吹く風に戯れてツンと咲く
薄紅色の背高のっぽのコスモス
（まるであなたみたいな）
小海線のささやかな無人の駅舎
掲額される老人清掃グループへの感謝状
そばで大蛾二匹が死んでいる

微かにせせらぐ千曲川
昭和五十二年竣工の海尻橋を渡る
（それまでは吊り橋だったの
　ゆらゆら揺れて愉しかったわ）
広い白い鋪道があって
T字路となって

Aさんのお宅……
元・先生で最近お嬢さんが戻られた……
十軒ほど先の右側の白い塀の……
(雑貨屋のおかみさんが重い口を開く)

「こんにちは」
擦れ違いざま
りんごの頬っぺの少年に元気に一声掛けられる
立ち並ぶ長者屋敷ふうな新しい門構えの家々
土蔵越しに仰ぐ県史跡の見事な老杉
頻りに吠える山門脇のもう一軒の雑貨屋のお犬様よ
史垢がこびりつく高い石段をしっかりと踏みしめる
興亡黙して語る城址の神無月
樹間に魂となって肩を寄せ合う小さな村落
イマふうな郵便局に我慢強く佇み尽す色褪せた赤ポスト
(あなたの思いはいったい
どれくらい配られたのだろうか)

駅舎のなかからぼんやりと眺める
線路の向こう側に拡がる現代のランドスケープ
農作業の後始末だろうか
黒い大きなビニールシートを焼く孤りの長靴男
宙に舞いあがる炎
天に立ちのぼる煙
（やがて消える刻《とき》がくるだろう
　つかの間のこの村の記憶とともに）

これも縁

堕ちれば落ちるほどに
真澄に輝いた〝画鬼〟長谷川利行
家なく妻子なく蓬髪垢面《ほうはつあかづら》のまま
一九四〇年晩春行路病者として息絶える
齢四十九の生涯の特に前半生について
山川太郎は拙なくも書いた
そして識ったのだ
天涯孤独だったはずの身にも
姪の娘さんが実在していることを
その血縁こそ長谷川公子さん

おお花子さんならぬキミコさん
発熱しやすい太郎の胸は高鳴りつづけ
画家について自分が書いたあれこれを

せっせと送りつづけた
取材訪問がかなう日のために
送る理由を何ひとつ明かさないで
礼状はそのつど返った
ウチノヨウナモンニ
ナンデ送ッテクレハルンドスカ不思議
お逢いすればわかるのですよ
キミコさん
超喜劇がここから幕を開ける

三年後ひかりは西へ
東寺の五重塔が車窓に映れば京の都
中京区六角通高倉東入ル
通りという通りを通り抜け
東という東を東へ入って
やっとこさ探しあてた表札〈長谷川歯科医院〉
出迎えてくださったのがご当人
と思いきや突然

かの交響曲第五番ハ短調が高らかに鳴り響く
あああああああああ
いくら嘆息しても始まらない
このひとハセガワキミコさんでも
あのハセガワキミコさんでない
まったく同姓同名別のひと
てなわけで太郎の追跡行は
わっはっはっはっ

わっはっはっ　へっへっへっへっ
へっへっへっへっ　わっはっはっはっ
草葉の陰にもこの自嘲的哄笑が届き
〝画鬼〟の憫笑と地下九丁目あたりで交響しあった
で　キミコさんどうなったんかいな
糺してみたのだが
例によってにたにたするばかり
ただその後かれの五感アンテナは
なぜか京都方面ばかり指向しているそうな

堕ちれば落ちるほどに
魂が浮遊する〝流浪の生活者〟山川太郎氏
帰るホームと妻子あっても蓬髪垢面のまま
やがて人生行路病者として
玄関口で息絶えるかもしれない
特にその後半生は
いよいよ濛々と桃色の霧に包まれて行くだろう

目には青葉

職業という食業に追い立てられ
胃は今にも溶けてなくなりそうに
白濁として爛れ
それでも乗らなければならない
痛勤不快速電車東京行
やれやれとばかりに
きょうもまた最後尾の箱に
死体のように納まったのがわが山川太郎氏
ライトブルーの上衣を扇風機になびかせ
電車が走る

下野国足利の里におわします
詩翁岡崎清一郎先生より賜わった
青葉の御詩集をひもとく

登場するのが
フットボールでタマを蹴りあげられ
大切なひとつを手術で切り取られてしまった好青年
ほかに咽喉に小骨刺した人
銀縁眼鏡の人
小便している男
自転車に乗る女の子
窓開ける人
種子播く人など多士済々
笑いたくても笑えない
笑っても笑いきれない大純情詩篇
理屈抜きで純粋に愉快なのです
これぞ正真正銘
純粋詩というべきものでありましょう

それはさておき
電車が走る

皮下脂肪ぶくれのおばさん
体験余剰的たくましさが座席に割り込む
おかげさまで太郎の左腕に
可憐なソーニャちゃんの
薄桃色のあったかな血の動脈が伝わる嬉しさ
右腕に正義漢スパルタカスの不老不死の鋼鉄の肌ざわり
おお　朝の官能的スキンシップ
その快さよ

電車が走る

電車はこのまま都市荒野を突き抜け
新世界交響曲が荘厳に鳴りわたる
海のように光る田園地帯へ滑り込むのがよい
そこで山ホトトギスさえずり
青葉を眺めて賞味できるだろう初鰹
最後には一碗のお茶も所望できるだろう
鮮烈なる青葉の詩集の福音よ

とはいうものの
電車が走る

太郎が走り
太郎が停まる
降りたプラットホームがいつものお茶の水
ああ　哀しいかな太郎さんよ
太郎は別に茶を飲みに来たのではなかったのですよ
ビルのなかの人間動物飯場に
自然と足が向かわされていたに過ぎなかったのだ

これでおしまい
電車が遠去かる

扇風機

暑いわぁ

あらわな皮膚
という表層のほてりを
扇風機の風にたっぷりのせ
カモシカのハイヒールが支える
小麦色の肉の輝き

暑いわぁ

蛭のように座席に吸いつくのが
勤勉をぶら下げるネクタイたち
見てはならないものへの目つきで
向かい側の光景を盗視する
フジやゲンダイの大見出しの物陰から

暑いわぁ

この列島のネクタイ族の
メンタリティときたら
開けっ放した窓のように
さわやかにいきやしない
人工風《かぜ》のほうがずっとマシだわ

暑いわぁ

扇風機とのクールな情交に
ひと汗かくハイヒール
飛び散る塩分で
いまにも溶けそうなネクタイ族よ
クモハ走る
無数の見えない糸を乗客のこころに
網のように張り巡らせて

魚の森

海幸橋を渡って
喫茶・愛養のすぐ左隣り
柱が血潮吸う魚河岸の旧い中卸店
歪んだ二階の窓から娘が一匹
生ぐさいコイ唄をサメ色にうたう
生きてりゃ　ウオ
死ねば　サカナよ

楽器といえば日替りで
ヒレを取るナタ
アタマを支えて運ぶ打《うち》カギ・手カギ
骨や固い部分を挽くノコギリ
アタマと身を切断する大《おお》包丁
小《こ》さなヒレ切り落とす小ナタ

おろし包丁刃渡り一五〇センチのたぐい

生きてりゃ　ウオ
死ねば　サカナよ
ゾリッ　ゾリッ　ギィー　ギィー
スパッ　スパッ　サラ　サラ
屍体処理についての密議と高取引が
戌《いぬ》の刻に始まり
巳《み》の刻近くに手打ちとなる
これがいつものプログラムさ

夜が白々と目覚めるころ
娘サメザメと泣き崩れ
おとこ一匹サパサパ帰り仕度
魚河岸水神社で犯意を洗い流し
いつもの場所から乗合いバスに揺られる
家路は遠いがこころは軽い

象徴の森

ウイークエンド
という名の六本木の雑居ビルから
もと来た人種の流れに抜き手を返す
無宿渡世の異邦人みたいな軽い頭を乾かしながら
右側の曲り角のベンチを一瞥すると
カラス色の衣装に身を包んだ老嬢が腰かけている
突然　老嬢が疑問の鳥を
つぶてのようにぶつけてくる
what time is it ?
それは沈む夕陽に抗がう島国ニッポンの羽搏きだ
答えないで通り過ぎる
答えない不誠実の負担がこころに重い
引き返して告げる
時間は六時四〇分ですよ

さっきの曲り角
向こう側にベンチが白くつづく
いらっしゃい　いらっしゃい　いらっしゃい
薄闇の奥から
ガラスの風鈴が涼し気に七色に誘う
わたしは夢遊病者くらくらとなり
ベンチに沿って繁みの万象へ向かう
植物の塊が咲いている
きっと人造花だろう
寄り添い　密談する若者たち
国家が生ビールの泡の海にあっぷあっぷしている
どんどん奥へ入る
もう抜けられません
立ちふさがる血塗りの鳥居
ここは鳥居坂稲荷大権現
別名・ヒコーキ稲荷
コーンッと翻える旭日旗の幻
わたしのなかで後悔が雷鳴のように轟く

あの老嬢の骨盤から時間を奪胎しなければならない
祠からフライトするわたし
老嬢はすでにいない
時が喪われかけている

冬の蠅

きりりとした白い季節の部屋でも
窓から射す
わずかばかりの太陽光線の悪戯《いたずら》に
思わず気をゆるめる時がある
その弛緩《しかん》状態から復活するのが
未練気たっぷりな一匹の蠅だ！

一人ぽつんと
きのうの忙しかった場所に
置き忘れられた風呂敷包みのように
やわらかな脹脛《ふくらはぎ》に密着して
決して飛び去ろうとしない蠅よ
不鮮明に色が青黒く
翅体は萎縮しているけれど

臓物で肥えて見える鈍重な奴
蝿は唄うやがて
枯死寸前の恍惚のブルースを

ココデコウシテ　イツマデ待ッテイテモ
愛ハ戻ラナイ
生命《いのち》ハ還ラナイ

意識はとうに疲れを通り越し
宙に浮遊している
遺っているのは
低い天井にゆらゆら立ち昇る
固い虚無の塊と化した
女の吐くたばこの煙ばかり

雷門をあとにして

お化けが出たぞぉ　お　お　お

浅草花やしき前の
幽霊小屋から流れくる声
おお　なんというかなしい声だ
ニッポンの声
ろくろっ首は
笛に吹かれて
楽しゅうて踊るのでなく
怖ろしゅうて首を振る

長沼屋整理部では
珍らしくハンサム男が
駄ボラ吐いてのタタキ売り

路傍には
煙草をすぱすぱやりながら
物乞う生殖器のない鬼婆もいる
なぜにおまえらは
もっとさぱさぱできんのじゃ
とでも言いたげな目つきして

日々戦いなぞと
錯覚するも甚しい
鮫肌鳥肌で
触れ合い慣れ合いのこの島国人生
いずれ人生は終わるだろう
どかんっとでなしにへなへなっと

翌日
山川太郎氏は
嘲けるような幸いを抱き
呪わしい金龍山浅草寺の雷門をあとにする

モーニングサービスの喫茶店で
顔をテーブルに押しつけてすすり泣く
女とめでたく別れ

過ぎ去った季節

1
海のような空　空のような海。歓びの太陽
太陽の歓び！

2
つかの間の悦楽の季節が過ぎると　やがて熟慮の秋がやってくる。若者は考える。はたして自分は　秋よりも確実に迎える硬い冬に賭けるべきだろうか。いやいや　太陽の余熱のまだ冷めきらないこの季節に朽ちてしまうべきではないか……と。秋は決断の季節である。冬のあとに再び春はこない。冬のあとにやってくるのは　春のような　夏のような　秋のような　それらすべてで　すべてでないような。

3

まもなく若者は　爆薬をもった旅人となった。旅人は流れない川に架かっている長い橋を渡って　赤い灯《ひ》の家に立ち寄り　そして深い闇に消えてしまった。年増女の窪みのようなそのなかに。彼は　もはや　戻ってはこないだろう。

4

幾度めかの夏のような季節。太陽が燃え狂うなかを囚人護送車に積み込まれ　旅人は連れ去られた。怠惰という豊かすぎる罪の名で。この国は貧しすぎるので。爆薬はすっかり湿りきり　暴発する時期さえすでに逸していた。

眼差し

耕やされ
整地されることを拒む
わたしのなかの荒地
いこい
やすらぎ
うたわれることのない
こころの在処

（アナタノ眼差シハ
　敗戦直後ノヨウダ……）

いつだったか
当時「人間座」で芝居の勉強に励んでいた
年下の高橋君に

そう言われたことがある
互いに音信が
まったく途絶えてしまった今となっては
ことばの真意を
うかがうすべがない

しかし　君よ
ぼくの眼差しは
なぜかそれからもずっと
敗戦直後のままなのだよ

8月15日・ズボン

じっとりした畳に寝転び
窓の外を仰ぐと
空はまっ青
樹々の熱い緑の掌が
汗をかき散らしている

風にはためくのが
あれは
幾度も洗濯をして
色褪せてしまった
わたしのズボン
あるいは
わたしの夢物語なのです

くらしの旗

洗濯機のなか
苦しみが音を立てて
渦巻いたあと
男は掲揚される
両肩を洗濯ばさみで止められ
くらしの旗みたいに
ちょっとだけ陽の当たる方へ向けて

無頼の風に誘われ
なびく旗
シャボンくさい洗い晒しのからだ
あれが山川太郎氏とは
近所の誰も気づかない

それが怖い

夢のなかで道順を尋ねることがある
あろうはずもない道によく迷い込む
これが正月四日
初出勤前に狭いバス・ルームで
わたしが記しておきたいと思い
なぜかふと想い起こしたことである

自分の貧弱な躰の輪郭さえ摑めないほどに
水蒸気が立ち籠める浴槽のなかは
平和的に結構な湯加減なのである
これは当たりまえなことかもしれないけれど
入浴嫌いでもどっぷりつかってしまえば
いつの間にか心地よい
それが怖い

夢のなかで道順を尋ねることがある
あろうはずもない道によく迷い込む
あろうはずもない道を道と縋って
ことしも出かけなければならない
ということが怖い

母港へ・母港から

またはあなたへの恋唄

生かさない時代の
非情な波浪をかいくぐり
殺さない時代の
痴呆の波浪にのって
男はきょうもさすらう
やわらかな肉と屹立する思想の
母港の灯を求めて

　おんなは港
　男の母港
　（ミナトにはいつも
腐りかけの肉のにおい）

まだ定まることのない
幻の恋人よ
母よ
あなたという港に辿り着けば
その胎内で
わたしは生れ変わるだろう
荒い大海へとまた旅立つために

幻の母港
血につながる母港
ことばにつながる母港

朝の衝動

玄関のドアをそっと開ける
もの音一つしないトマトジュース色の朝
気忙しく手を差し延べ
新聞受けからニュースを抜き取る
そんなとき
隣り近所へ向かって
なぜか叫びたくなるのだ
こころの渓間から大声で
「皆さぁーん」

閉じられたほかのドアというドアは
いっせいに開かれるだろうか
だが叫べない
叫ぶ勇気のないまま

今朝もさまざまな事件を広げて食べる
幾片かのパンと一緒に
苦くて熱いブラック・コーヒー啜りながら

犬男

——男たちがすっかり犬に狎れきってしまい、
どっちつかずの生きものとなりつつある。

このごろ都市生活圏に
新しいタイプの人間が殖えているそうな
かれら　一見平凡なサラリーマンふう
妻子持ちに多いという
正体を晒す現場のほとんどが
仕事で疲れて還った家庭内なそうな

口さがない母性に監視され
欲求不満に陥っている子供たち
かれら　父親に甘え
チャイルド・コスモポリタンらしく
謎に満ちたこの宇宙について

難問を連発する

妻も妻で
キッチン・リアリストらしく
家計についてあれこれ詰問
忠実なかれら
誠実に応答しようと心がける
しかしとどのつまり
思わず吠えてしまうのだ
キャーンと
灰色のオフィスでこそ
本気で吠えなければならない
ということを百も承知しながら
かなしいかな
つい吠えてしまうのだ
ささやかな自分の城のなかで

山川太郎氏よ

夜空に星がきらめくころ
耳を澄ませてごらん
あっちからも　こっちからも
遠吠えが聴こえてくるじゃありませんか

優しく非情に暮れる

ひとが家に戻ろうとして
帰路を急いでいるとき
誰かが家を出て
死路を急ぐこともある
その日も仕事で遅かった

夜風が冷たい中央線飯田橋駅のプラットホーム
点滅する街の灯が目にしみる
電車が来ない
なかなか来ない
アナウンスがようやく告げる
武蔵小金井駅構内で人身事故があったと

朝の新聞で知る

昨夜の事故が
病死した夫の葬儀をすませたばかりの疲れた若妻が
幼な児の可愛い手を強く引き
鉄路へ飛び込んだあと追い心中であることを

ひとが家に戻ろうとして
帰路を急いでいるとき
誰かが家を出て
死路を急ぐこともある
そんな魂が行き交う渓間に
生活《くらし》が在る
だから一日は
かぎりなく優しく
かぎりなく非情に暮れる

腰痛哀歌

かなしみは
尽きることなく腰に溜ってきます
そこでわが山川太郎氏
畳に腹這いとなり
愛娘・桜子さんに腰に乗ってもらうのだが

2歳8カ月がキャッキャッと踊る
33歳の平板な腰の上

気持よい疲労体33歳
だが33歳の肉体から
下って行くような精神街道よ
怠惰の海に溺れちまって

33歳は忙しい
忙しいけど死ぬほど退屈
33歳は退屈だ
退屈だけど死ぬほど忙しい

日はこうしてたそがれます
この日常の均衡感は何だ
ノッペラボウなかたちは何なのでしょうか

道程

出がけにまず一句
　〈ゆうゆうと雪の車道わたる白猫かな
しばらく歩くと
　〈ゆうゆうと雪の人道わたる黒猫かな

雪だ　雪だ
都市荒野に雪がふる
ありとあらゆる
道という道を消してしまう雪がふる
道がなくなるなんていいことだ
さっぱりさぱさぱすてきなことだ
曇天霹靂の大雪原よ
白紙に戻った古い日記帳よ

だが待てよ
青春の永遠はつかの間
限りある暮しだけが連続する
消すに消されぬ騒がしきこころ道
山川太郎氏が吃るように声を速射する
あたかもかの高村光太郎にあやかるように

ぼくの前に食うべき道がなんとかある
しかしぼくの後ろに道はできない
ああ自然よ
わが愛娘桜子さんよ
ぼくを一人立ちさせないだろう桜子よ
ぼくから目を離して遊ぶことをせよ
常に自身への執着をぼくから奪うことをやめよ
このあまり遠くない道程のため
このあまり遠くない道程のため

雪がどんどん溶けてゆく

こうして
太郎の雪もとけてゆく

帰りに一句
〈あたふたと雪どけ道往くぶち猫かな

慢性副鼻腔炎

鼻ノ中ハ荒レル海
痰マジリノ膿
コトバガ溺レテ死ニカケル

パジャマ鳥

——詩人、土橋治重を病床に見舞う

詩人は詩人でも
老人は老人なのだろうか
地下鉄の階段を馳けのぼるようにして
客観的思考が済生会中央病院へと急ぐ
しかし老人は老人でも
詩人はやっぱり詩人
それを納得するのにことばなどいらない

詩人の着ているパジャマには
緑色の意志がくっきりと縦縞模様に貫ぬかれている
からだを丸めてベッドに横たわる姿が
まるで
新しい詩の卵の孵化を待ちわびる

一羽の親鳥の小宇宙にも似て慕わしい

まもなく鳥は晴眼に戻るだろう
そして甲州の無骨な山々や八潮のなだらかな湿地
それにもっとも蠱惑的な
都会の猥雑なヒト空間へ向かって
勢いよく羽搏くに違いない

礼服

正月の昆布巻を喉にからませ
父親が階段から転げ落ちた
人生街道ゴール近くの大チョンボである
またかつての職場の上司のKさん
酒に呑まれてボロボロ
呑まれなければ鋭い感覚を発揮できない
手も足も
いや口さえ出せない大新聞社の宣伝部長だった
銀座の若い画廊主のMさんも路上でバッタリ
頭にアートとマネーとの葛藤を詰め込み過ぎたのか
いずれも次々と天上や地下へ旅立った
というわけで
山川太郎氏はこのところ
すっかり黒いスーツの似合う男になっている

着替えるのが面倒
いつまたお呼びが掛かるかもしれない
以来ネクタイだけはずし
礼服のまま街を歩くことにしている
けれど不思議にも
彼がやって来ると世間は
視線をそらして路を開ける
「祝いごとですか」
ついぞそんな声を掛けられたためしがない

生きる

——先へ逝くあなたへ

もしかしたら生きるということは
地平線をめざして
彷徨する後姿のようなものなのかもしれない
少しずつ延びる過去の影を曳きずりながら
せかせかと
あるいはゆっくり
はるかなる地平線へ向かって
そして音もなく
砂のように消えてしまうのだ
この世になんか
はじめっから存在しなかったかのように

二〇〇〇年の雪

二〇〇〇年の雪がふる
二〇〇〇年の雪がつもる
二〇〇〇年の雪が樹木をおおう

どんなに雪におおいつくされても
樹木は樹木である
生きなければならない樹木なのである
二〇〇〇年が武者震いして
二〇〇〇年の重圧をはねのけなければならない
樹木のその一本一本こそ
あなたであり
私でなければならないのだ

二〇〇〇年がふる

二〇〇〇年がつもる
二〇〇〇年が世界をおおう

雪を掻く都会の男

（雪よ
　雪よ
　天からふる花
　雪となって舞う小天使よ）
雪が散らつくたびに
ノッポで蒼白な都会の男が
自分の内なるキャンバスへ向かい
こんなふうに
純情の遠景を描きつづけてきた
ところがである

ある朝　突然
背を屈めて
雪掻きに精出さなければならなくなったのだ

さぁタイヘン
初めてスコップ握る手に汗をかきかき
それでも毎度の習慣
観念論の翼を開こうとする
次の命題を鋭く自分に突きつけて
（雪を描く
　雪を掻く
　二つはどう違うか）

意に反し開きそうもない凍てつく翼よ
だが雪を掻く汗が
どんどん近景を掘り起こすにつれ
雪の下からやっと表われたのが
灰色をした見慣れたあの無表情な貌
これこそ前記設問の
雄弁かつ明快な答えというべきだろう

たしかに雪を描くとはいえない

緊迫的情況なら尚更のこと
雪は掻くのだ
掻くとは
日常の臍を掻くこと
暮らしの地肌を掻くことにほかならない
それが男の結論である

新しい雪

一直線につづく並木路
間断なく降りしきる雪
少しづつ小さくなるうしろ姿
ほかに誰もいない
何を考え　独り行くのか
遠近法の消失点へ向かって

〈確かこうだった
「第三の男」のラスト・シーン
寒々しいコートの季節
どこまでも背後へ延びる並木
まっすぐな眼差しでやってくる女性
路傍でそれを未練気たっぷりに見送る男

現実は映画のようにいかない
なかなかエンド・マークがつかないのだ
うつむきながらも
とにかく前へ進まなければならない
通り越す時間の記憶をゆっくり消しながら
新しい雪をぎしぎし踏みしめて

新・北帰行

友よ
杜の都の仙台へ行ったら
すっかり擦り切れちまったわが頭上に輝くにふさわしい
名菓萩の月をどうぞ買って来てくださいまし

更に北上すると
津軽海峡をきっと渡りたくなるだろう
もしかしたら
背を向けさせられちまったあなたの闘魂を生み育てた留萌へ
こっそり立ち寄りたくなるかもしれない

そこでお願い
味付け数の子の黄金漬をぜひ所望します
黄金を漬け込むなんて

なんと豪毅な故里じゃありませんか
愛しの友よ

緑の深い森へ還りたい

サルが直立歩行してヒトとなった
オスが男
メスが女となり
めざめて互いに性を匿し合う
外敵や風雨から肉体を守り
あるいは異性を惹きつけようと
多様な装いで身を包む
こうして始まる偽装の積み重ねの歴史
文明文化の遠大な夜明け

歴史の時空間の変転と共に加速する装い
頭のテッペンから爪先へまで及び
優勝劣敗と大量消費の現代へと雪崩《なだ》れ込む
ちなみに読者よ

失礼ながらあなた自身のルックスを篤《とく》と点検あれ
たとえば某氏の場合
若者や異性への興味が老いてますます盛ん
外出時の偽装にまったく怠りがない
各種のサプリメントを胃袋へ流し込む朝食直後
野球帽に限る薄毛隠し
蓄膿症には鼻スプレー
ブリッジで連結する欠損した歯
スタンドカラーで胡魔化す細い首
痩身長軀《そうしんちょうく》を覆うジャンパーとブルージーンズ

こうして今日もまた
胸を張って巡り歩く銀座の画廊街
美術評論をかろうじて食《く》らう業《ぎょう》なれど
ときどき死人ならぬ詩人に化け
朗読ライブに出演する
そんなとき開口一番
ついつい言い放ってしまうのだ

「どうか朗読中
私のそばへ近寄らないでください
汚れた帽子や入れ歯や唾液が
皆さんのところへ飛んで行くかもしれないので」

おおイヤだ　ああイヤだ　イヤだ
この際ありとあらゆる偽装を脱ぎ捨て
素っ裸の一匹のサルとなり
空高く
水清き
緑の深い森へ還りたい

戦士の休日

あした月曜日
ということは
きょうが企業戦士の休日に当たる
朝食兼昼食をすませたあと
ふらりと境界を踏み越える山川太郎氏
こちらからあちら側の日常へ
行先はきまって古書のI書房か
郊外都市ならほとんどの駅前にある
S友とかN屋とかの大規模小売店
団欒の七色の会話で
さんざめく食堂
玩具売場
屋上遊園

呼吸する団欒が
ろうそくの炎のように
ほのゆれて温かい
ゆれてさびしい
やがて消えて忍び寄る死の世界と
虚実をひとつにしているからなのか
その炎を蒼白く灯しつづけるため
やさしい戦士が迎えなければならない
また月曜の朝

くつろぐ生理がこうして翳る
荒海の渚を歩く店内に
塩辛さだけが満ち溢れ

本と戦争

山川太郎氏のささやかな隠れ家を訪ねる誰もが
異口同音に洩らす感想
ここは本の玉石混淆山

クズ同様なのも無論ある
『新約聖書』『茨城県終戦処理史』などに混じり
伊達得夫の「ユリイカ」創刊号とか
岡崎清一郎詩集『火宅』や『神様と鉄砲』だってある
詩翁ファンにとって垂涎の的
富士並みの山を一つ所有するとさえ
見えるかもしれないけれど

訪問者が驚くのは
山の地質成層についてではない

畳数のわりに玉石混淆の底面積が
広すぎること
二階に鎮座する山の存在を
管理人に咎められやしないか
地震がきたら愛娘桜子ちゃんともども
本の下敷になって悶絶しやしないか
こころやさしい訪問客たちが
そう言って案じてくれる

それでもなお太郎
本日もひねもす書店巡り
散歩を兼ねた趣味のようなものなのさ
一日平均百冊以上の書籍が出版される列島国文化
戦火にたびたび曝されなければ
いまの数百倍もの本と雑誌が
列島じゅうに氾濫する勘定
秦の始皇帝やヒットラーの焚書も
ついでに想起される

その意味でも
戦争の影響が測り知れない
書店の棚を個別でなく
総体として眺めていたら
ふとそんな妄想が頭を掠めた

明日もそうだろう
このままなら溜る一方
だからと申して戦争は必要悪などと断じて言っているわけでない
戦争の底なしの破壊力に比べ
本の重量など軽すぎる
戦争で殺されるくらいなら
いっそ地震で本の下敷にでもなってやれ
そう覚悟するくらいなのだ
故に有事立法には反対する

名もないひとりの非政治主義者の
こんな短絡と飛躍的結論

誰が笑ってすまされるのか
笑ってすますのか

耳を澄ませば

滝となり　早瀬となり
とうとうと流れる十和田の奥入瀬川
気高い橅《ぶな》の木立に囲まれて

野生の動物となって耳を澄ませば
せせらぐ水面のはるか奥底から
キャタピラの不気味な音が近づいて来る
　兵士の喊声
　銃声
　母親の鋭い叫び
　幼な子の泣き声

幻聴にきまっているさ
ここはこんなにも

凛とした静謐な別天地
地球環境の明日へとつなぎたくなる
やさしく　ゆったり息づく
北の自然の時空間なのだから

奥入瀬がとうとうと流れる
滝となり　早瀬となり
緑まだ浅い原生林に深々と包まれ

風船玉のような地球

「かけがえのない地球」
政治やエコノミックな仮面紳士淑女たちが
いとも簡単にそうおっしゃる
異口同音に胸を張って
（けれど現実には……）

冷戦終結後の地球はまるで
警察国家を自認するＵＳＡと巨大産業に
好き勝手に弄ばれているみたいじゃないか
グローバル化の大号令のもと
ヒットラーならぬヒンケルが
風船玉の地球儀を手脚や尻で
軽々とコミカルに操る
あのチャップリンの映画「独裁者」の名シーンにも似て

地図、あるいは戦後絵画と
アメリカン・グローバリズム

絵画的にいうと
「地」は背景
「図」が具体的形態
第二次大戦までずっとそうだった
ところが戦後になり
「地」と「図」が急接近
画家たちは競って
画面の表層をフラットにするようになる
アメリカン・グローバリズムの擡頭だ

ブルドーザー化したアメリカ巨大資本が
世界の国と民族の多彩なローカリズムを
次々と無慈悲に薙ぎ倒して行く

絵画の平面大作みたいに
地上をできるだけ真っ平にして
ホワイトハウスから
地球の隅々まで一望できるように
いつどこへでも派兵できるようにと

ネット・イリュージョン

時代がインターネット社会へと急いでいる
そのネットで憶い出す
少年の頃の運動会の障・害・物・競・走を

青空へ向けたピストルの号音で
いっせいにスタートする
倒してもクリアしなければならないハードル
助走なしで越えなければならない跳び箱
両腕を水平にしながら渡る平均台。
もっとも真剣で滑稽なのが
次のネット潜《くぐ》りの状景だ

地面に張り巡らされたネットの海へ
時流に取り残されないよう懸命に潜《もぐ》り込む

躰《からだ》中に縦波横波《たてなみよこなみ》の網目がまといつく
遊泳
あるいは匍匐前進《ほふくぜんしん》し
どうにかこうにか
ネットから脱けて這い上がる
目が一瞬立ちくらむ
前方に人影がない
めざすゴールはどこだ

いったいここはどこなのか
誰にも答えられない

考える人

歩く
見る
座る

歩く
見る
座る

歩く
見る
座る

歩くうちに
歩く理由が彼方へと消える

見るうちに
視たいものが見えなくなる
そこで地べたに
どっこいしょと座る

夕闇が迫る
ホームというかたちがあっても
限りなくホームは遠い
還ることばの場処がない
もう立ち上がれない
気力が戻らない
座ったまま石のように固まる
意志のない石となる
彫刻のポーズとなる
考えるふりして
ロダンとなる
考える人となる

十七条憲法

和ナルヲ以テ貴シトシ
サカラウコトナキヲ宗《むね》トセヨ
西暦六〇四（推古十二）年
聖徳太子が十七条憲法にこう録す
為政者や権力者にとって
なんと好都合な第一条だろう
ありとあらゆる階層の隅々まで
暗黙の教えが血液のように五臓六腑へしみわたり
明日への望みを虚しくさせる
聖徳太子とは何者なのか

偽作の可能性もある法にせよ
後世への精神的影響が底なし沼のように深い
昏く澱んでいる

列島国の民のほとんどが見ても聴いても
頭を空っぽにする習いが性となった
人が人になりきれない
堅固な囲いのなかへ放擲されたようなのだ
多勢に順応するか
妥協するしかない日々
対等に熱い議論の火花を散らし
知の合意へ達する歓びなど
夢また夢の幻にすぎない歴史

白地のまんなかを赤く染める日の丸
それは太陽の赤なんかじゃない
偽わりの和に生かされる人々の
血痕の大団円ではないのか

自粛の嵐

郵便や電話やファクシミリで
つぎつぎ告げられる展覧会の中止や延期など
手帖に弾むように書き込まれていたスケジュールが
或る日突然
ペンのブルドーザーで
黒々と潰され　消されて行く
大地震と津波で真っ平らとなった東日本の沿岸地帯のように
泥濘《ぬかるみ》のまだらな痕跡だけを生々しく留めて

どこまでつづく泥濘ぞ
いつかどこかで耳にした一節だ
状況はまるで戦時下同様ではないか

テレビ画面のこちらの向こう側

黄金色《こがねいろ》の泡いっぱいのビールジョッキを傾ける
手がときどき卓上の海の幸　山の幸を求め
ふらりふらり空間をさまよう
眼だけしっかりテレビ画面へ張りつけながら

アット・ホームな光景だ
もしも画面中の被災者がこちらの団欒を覗けたとしたら
どんな反応するだろう
　何ヲ眺メテイルノカ皆ノ衆
　悲劇ノ見世物ナンカジャアリマセヌ
そう叫び
鋭く睨み返すのではないか
だが残念ながら期待できない

どんな惨状に晒されても
ホンネを吐かず冷静を装うのが
和の全体主義の
歴史的民族性なのだから

瓦礫《がれき》の下《した》の人影
遺体ぽかりぽかりの海
そんなリアルを映すことなど
ほとんどないメディア
画面に垂れ流されるのが
ヒューマンドラマふう味つけドキュメント
サッカーのワールドカップ並みの
「頑張れニッポン」コールばかりなりけり

二〇一一年のバカヤロー

地震のバカヤロー
津波のバカヤロー
そして
原発のバカヤロー

二〇一一年へ向かって
拳《こぶし》をぎゅっと握りしめ
大きな声で叫ぼう
明日に生きる新たな命のエネルギーを
からだいっぱい貯め込むために
老いも　若いも
女も　男も
たった今　すぐにでも

ただ狂へ

ひとりで産声をあげ
ひとり白磁の骨壺《こつつぼ》にコトリと納まる
人間の生涯とはたかだか
その間のプロセスにすぎないのではないか
心臓が停まる
世界が消える
ならば

世間《よのなか》＊はちろりに過ぐる
ちろり　ちろり
何せうぞ《しょうぞ》　くすんで
一期《いちご》は夢よ　ただ狂へ

＊第二連は、室町時代後期の俗謡『閑吟集』から二首引用し、構成。

耐えて、松

足許のビデオカメラを誤って蹴っ飛ばす
公園の緑の地表がぐらり
でんぐり返える
不思議な映像が
突如として出現する
厳寒曜日

撮影中の一眼レフが
もしも地面へ落ちてしまったら
風景は一変するだろうか
カメラはしかし
写真家の凍える両掌にしっかりとガードされた
偶然なんか決して許さないと
現実の迫真の風景を鋭く切り撮り

荒れる日本海を見下ろす断崖絶壁
強風に耐え
岩壁を内側から割って屹立する一本の松

空のキャンバス

もう画廊へも
美術館にも行かなくたっていい
画集だって開かなくてもいい
いつでも　どこでも
絵が自由に観られる
小さな部屋　揺れるバス
走る電車の
どんな窓辺からでも

仰いでごらん
どこまでも涯しなく広がる空のキャンバス
描かれる千変万化の雲の喜怒哀楽
いつだって絵が観られるのだ

雲

イメージしてごらん
白い雲に乗る自分のすがた
世界中どこへでも流れ
逢いたい誰とでも対話できる雲

雲から見下ろせるのが
地上半分の幸わせ
もう半分の不幸わせ
一日が
昼と夜に距てられるように

木洩れ陽

救いの道はあるか
いっこうに視えてこない

瞼《まぶた》をそっと閉じ
自分の胸中に
クエッションマークを網のように投げかける
かすかな光をたぐり寄せるように
天を突く深閑とした杉並木
やさしく洩れる陽の光
照らし出される一本の山道《さんどう》
この道を道として踏み出そう

二〇一二年
新たな再生への第一歩

薄氷踏んで

〈せりせりと薄氷《うすらひ》杖のなすままに〉
人の一生もまた
山口誓子のこの句のようでありたい
けれどそうはいかないのだ
杖なしで生きるには
すべって転ばないよう
薄氷をおそるおそる踏みながら
蛇行して茨の道を歩くようなものなのだから

張り巡らされた薄氷の下には
難行苦行の時間が凝縮され
いっぱい詰まっている
その表層を注意深く進まなければならない
はるかな開花の季節へ向かって

わが愛猫グレコ讃

グレコグレコグレコグレコグ
レコグレコグレコグレコグレ
コグレコグレコグレコグレコ

掌の戯れ

海の幸を盛った皿小鉢がいっぱいに並ぶ
賑やかな座敷の卓上空間
掌が掌を誘って宙を舞う
対座したのはまったくの偶然にすぎないけれど

生命線を占いましょうか
らしからぬ絵を創る逞しい掌が
テーブル下のささやかな空間でこの掌をぐいっと把んで引き寄せ
ゆっくりと蹂躙する
三浦半島のどん詰まり
久里浜の黄昏は深い海へとつづく

散会後の孤独な微風が頬に快い
ほとぼり残る掌の官能

もう二度とないだろう
原稿の枡目を埋めるだけの柔《やわ》な老いた掌が
絵筆を握る若い奔放な掌に蹂躙されるなんて

幻影のイルミネーションを掻き分け
横須賀線が急ぐ帰京の闇路

聖バレンタインの日

銀座のソニービルを遠景として
いつものように
数秒間の写真のモデルになってくれたあと
無造作にひょいっと差し出した
ちっちゃな可愛い紙の手提げ袋
なかに入っているのが
まぎれもない心臓だ

掌にすっぽり納まり
逆風にも決して崩れない
チョコレート色のタフな血流の塊
角張ったところのない曲線的造形美
ずっしりとした量感がとても快い
帰宅して急ぎ心臓を頬張る

国境越えの芳香を放ち
口中いっぱいに蕩《とろ》けて拡がる
まろやかな甘味の世界よ
あっという間に跡形もなく舐め尽す
次にはいよいよ
老いても純白な自分の心臓を取り出し
捧げる番がやって来る

飛べ鷺草、天高く

まぎれもなく鷺草《さぎそう》です
分類が専門の若い植物学者は胸を張り
こう断言する
「いや　そうじゃないですよ
　どこから眺めたって鳥の白鷺でしょう」
宇宙全体を想像的に創造したい詩人が
澄んだ真っ直ぐな目つきで軽くいなす

二人のやりとりに
聴き耳を立てていた鷺草《さぎそう》
何が閃いたのか突然
からだの一部を左右に烈しく揺さぶる
緑色の背の高い茎から
力の限りに自分を切り離し

ほんものそっくりな白鷺に変身する

晴れて白鷺となった鷺草が
天高く飛ぶ
太陽のはるか彼方
砂丘がどこまでもつづく
伝説の古代王国
楼蘭のオアシスへと向かって

染まずただよふ

いくらか縦長のキャンバスを選ぶ
早春の安房《あわ》の岸辺
イーゼルにデンと立て掛ける
ざっと下塗りする
画面全体の上半分がスカイブルー
下半分はエメラルドグリーン
幾層にも薄く丹念に塗り重ねたあと
広い空と海が接する際《きわ》にフリーハンドでホワイトの極細線を
すうっと一気に引く

陽がたそがれるころ

にわか画家となった旅人の最初の油彩の抽象画が
こうして産声を挙げる

もちろん引いた水平線は
白鳥《はくちょう》の歌のメタファーだ
空の青海のあをにも
染まずただよふ*

* 若山牧水の短歌。白鳥は哀しからずや空の青海のあをにも染まずただよふ

満月に祈る

月曜日は鄭美和で家庭の主婦
隣り近所から焼肉店の李さんの奥さんと呼ばれる
火曜日はミワ・ローランとして
ローランサンふうな絵描きに変身
アポリネール気取りの友人
山川太郎氏と美術館を巡ったり
飲食を楽しんだりして

水曜日は徳宮美和となる
有楽町でパートタイムのギャラリスト
木曜日も同じく
金曜日もまた同じく
土曜日は再び鄭美和に還り
家事や洗濯やオモニの介護に追われる

日曜日も同じく
これがその人の
二〇〇七年七曜の照る日曇る日

どのように名乗り
どのように行動しようとも
きりりと前方を向き闊歩する
その人自身になんの変わりがあろうか
地球が美しいか
美しくないかわかりはしないけれど
世界でたった独りの女性に違いがない
ときに邪鬼のように狂い
ときに花のように破顔一笑したりして

満月の夜
TOKYO川の手の自宅の屋上で
静かに祈りながら問う人がいるとすれば
きっと彼女だ

私は誰？

いったい何者？　と

虫

葛飾夫人は長い間
虫を密かに飼いつづけている
自分ではそう思い込んできた
一匹が彼女のパートナーの水虫
もう一匹はくっつき虫くん
視点を変えると
こうともいえる
現実には両方に飼われているのだと

雨露をしのぐ部屋が保障されているけれど
商売下手な水虫では病いが伝染しそうだ
家計をいくらかサポートしてくれても
くっつき虫は何かと世話がやける

夫人は考える
思案の深い穴の中
いったい私は
飼っているのかしら
飼われているのかしら

蟬時雨

死んだら
ショパンの「別れの曲」をかけてね
男が応える
ぼくには
マーラーの交響曲第五番第四楽章がいい
ついでにあなたの泪も
雨あられの如く流してほしいな

それを聞くや否や
笑顔が一九六〇年代後半のアイドル歌手
小川知子そっくりな彼女
高いトーンで一気に言い放つ
それなら亡くなる直前
私にたくさんお金送ってよね！

愛の涙の値段はいったい
一粒いくらなのだろうか
ゆうべの秘密の言の葉を解きあぐね
老いた男は翌日
カンカン照りの真っ昼間
絶望の海へと身を投げた
対岸でいっせいに降る
蟬時雨に見送られ

傘の家

傘といっても
物騒な核のそれなんかじゃない
陽除けの傘でもない
雨の日のそれである
傘は自分だけの絶対孤独を研ぐ家だ

ぐるり壁のない家
どこへでも自遊自在に移動可能な家
三六〇度全開空間を見透せる家
出入口も窓枠もない家
いつも天然自然と一体の家
不意な異変をかわせる家
思惟の芽をそおっと見出せる家
光のように内省できる家

乾いた箇所へ潤いを貯められる家
まるで雨の降った昔の映写幕そっくりに

傘の家
歩く家

太平洋戦争下の詩歌

一

明治維新を日本の近代の夜明けとするならば、明治・大正・昭和の三代で、近代が百四年間を閲したことになる。そのうち、昭和二十年八月十五日の太平洋戦争敗戦から五十五年の今年に至る三十五年間を除くと、残りの六十九年間をきわめて大雑把に捉えると、戦時下の時代だったと言えなくもない。

規模の違いこそあれ、この六十九年間というもの、国民のだれかがどこかで必ず戦争そのものか、戦争に近い情況に関わってきた。直接にせよ間接的にせよ、こうした体験世代が生存しているかぎり、戦争下の証言は何らかの形で残されなければならない。この世代が完全に絶えてしまったあとでも、時代がまた新たな様相を呈して戦争へ向かいつつあるということを、全面的に否定できる何らかの確証の得られる時代がやがて到来することを願えばこそ、なお一層、われわれはこの戦争体験を継承し、次代への警鐘としなければならないだろう。

とは言っても、現実には人間が社会的動物であるかぎり、社会は戦争という過去の影から、あるいは未来の凶兆から逃れることができないかもしれない、という不安を秘めている。戦争をモチーフなり、テーマにして描かれる〝戦争文学〟が生まれつづけるゆえんである。

　戦争文学と一口にいっても、反戦・抵抗・厭戦的なものがあれば、それらと思想的に真向うから対峙する好戦的なものも含まれる。しかし後者には、文学と呼べるものがほとんどない。仮りにあったとしても、〝力は正義だ〟式の単純論法で個の尊厳を無視し、大量殺戮と破壊に肩入れする帝国主義的文学を、われわれは断じて認めるわけにいかない。

　課せられたテーマが、「近代戦争文学と詩歌」である。明治の与謝野晶子の「君死にたまふこと勿れ」[注1]、大塚楠緒子《くすおこ》の「お百度詣」[注2]から起稿し、現代の石原吉郎のいわゆる〝シベリアもの〟[注3]と、鳴海英吉詩集『ナホトカ集結地にて』[注4]までを論じるのが本来だが、許されたスペースでは、とてもきちんと時代を追いかけて詳述することができない。ここでは、日本が参戦した近代戦争のなかでも、もっとも熾烈きわめた太平洋戦争下を中心に、焦点を絞って書くことにする。試論の間口がやや狭くても、奥行をいくらか深めることで、「近代戦争文学と詩歌」を考察するひとつの緒になれば幸いである。

二

　小説や評論や随筆などを、散文という。それに対し、詩、短歌、俳句などのいわゆる〝詩歌〟を、いつごろから韻文と呼び慣らわしてきたのだろう。小説や随筆などに韻文的な味わいのある作品が存在するように、詩には散文詩があり、短歌や俳句にも散文性を志向している作品もある。文芸ジャンルを二大別するこの呼称は、だから厳密には、正当とは言い切れない面があるかもしれない。

フォルムだけからみれば韻文、すなわち詩歌は、散文に比べて一篇に要する文字数が少ない。そして散文詩をも含めて、ある種のリズムとイメージを内在させる行分け形式であることを大きな特色としている。そのへんが、詩歌が他ジャンルとは別個に自立している要因で、ある種の魅力ともなっている。反面、その短かさが手軽さに、リズムがアジテーションやプロパガンダにすりかえられ、一つの目的のために、最大限に利用（あるいは、悪用）される危険性をいつも孕んでいることも、事実と言わざるを得ない。

世界的に省察しても、詩歌はいつも巧妙に利用されてきた。まったく宿命的に、としか言いようがないほどに、である。太平洋戦争下の日本など、残念ながらと言おうか、いや体質的にはまったく当然ながら利用されてしまったのだ。奥野健男が指摘している。「ほとんどすべての詩人、歌人、そして俳人までが競いあって戦争をうたい、国民の感動を伝え」[注5]「詩歌が、戦争の感動を直截に表現するのにもっとも適わしい芸術であることが確かめられた」[注6]というのが実態だった。それに、平時には大衆側に寄り添い、いざという非常時には決まって保守体制的な性格を露骨にする巨大な商業新聞がまた、詩歌作家の好戦的作品を毎日のように紙面に載せ、国民の戦意を煽った。「試みに、（昭和十六年）[注7]十二月八日から一か月間の朝日新聞に載った戦争に関する詩、短歌、俳句の作者を順に列記してみ

れば、島関男、入江来布、加藤順三、吉植庄亮、斎藤瀏、夏山茂樹、土屋文明、大江寿夫、会津八一、佐藤春夫、北原白秋、中勘助、三好達治、藤田貞次、丸山薫、中村草田男、鈴江幸太郎、高橋俊人、佐佐木信綱、釈迢空、尾上柴舟、金子薫園、岡麓、室生犀星、高浜虚子、富安風生」[注8]などであった。

時しもあれ大みことのりは降りたり
肉むらゆらぎ命の激つ
耐へに耐へこらへ来まししし大み心
のらせ給へば涙落ちにけり
…………………………………………（吉植庄亮「開戦」[注9]）

勇猛果敢な相模太郎が胆
神速的確な源九郎が略
日本男児由来戦に精し
況んや隠忍久しきの後
大詔を拝し奉り義を見て蹶起す。

海に陸に空にさながら
圧搾空気の膨脹に似て
ハワイ海戦マレイ沖
翼は神風を喚起し
舷は怒濤に拍車して
醜虜を大東亜に殲滅せずんばやまじ。

…………

（佐藤春夫「大東亜戦史序曲」[注10]）

一百年の凍雲くれし思ひいま
香港陥ちしニュース寒夜のペン投ず

…………

（富安風生「香港陥つ」[注11]）

以上が開戦から数日間に体制側から選出され、それぞれの詩歌ジャンルのトップを切って、朝日新聞紙上を飾った詩歌作家の悪夢のような記念碑的作品である。つぎに、詩歌というジャンルが本来的に内在させている脆弱さが、国家権力にどのように利用されたか。開戦直後の文学界の動向とともに、例証としてあげてみよう。

開戦とともに、言論集会出版結社等臨時取締令が公布施行され、それまでは詩歌作家たちにとってはまだ個人の意思での作品発表であったのが、いよいよ、国策として協力を要請されてくるようになった。また開戦に先立ち、詩歌作家を含む多くの文学者たちが、軍報道班員として徴用された。文学者の利用価値が、先の日華事変ですでに実証ずみだったからである。

文学結社がつぎつぎと統合され、国家権力機構のひとつに組み込まれた。昭和十八年だけをみても、六月には大日本歌人会、大日本詩人会、日本編集者協会、七月には全日本女詩人協会、文化奉公会、八月にはくろがね会、十一月には日本青年文学者会といったように、連鎖反応式に生まれている。これだけではまだあき足らないとでも言うように、今度は小説家、劇作家、評論家、詩人、歌人、俳人を打って一丸とした、文学者の団体を結成しようとする動きが開始される。

こうして、師走十二月三十日に開催されたのが文学者愛国大会である。席上で土岐善麿、尾崎喜八、前田鉄之助、富安風生、高村光太郎の詩歌の朗読があった。「会後宮城前に行進、二重橋前で聖寿万才を三唱散会した」。さらに、この大会での文学者の大同団結が結成の機運を盛り上げ、十七年六月には、内閣情報局の指導下に日本文学報国会が誕生する。詩歌作家では佐藤春夫、窪田空穂、水原秋桜子、釈迢空が常務理事に就任。部門別には、詩部会長高村光太郎・同幹事長西条八十、短歌部会長佐佐木信綱・同幹事長土屋文明、俳句部会長高浜虚子・同幹事長富安風生がそれぞれ選出された。

その日本文学報国会の最大のイベントが、大東亜文学者大会であった。大東亜共栄圏地域の代表的文学者（と称される）約三十名を東京に招き、「日本文化の真姿を認識せしめ、且つ共栄圏文化の交流を図って新しき東洋文化の建設に資せん」とした。十一月三日には帝国劇場で発会式。例によって川路柳虹、佐佐木信綱、高浜虚子の詩歌朗読があった。大会に参加した諸地域一行は、十一月九日の午前に東京を立ち、名古屋乗り換えで宇治山田へ向った。東京駅頭では、見送りの詩人深尾須磨子が江間章子たちと共同で詩作した「歓送歌」を朗読。またしても、詩歌である。

朗読文学の会が組織され、各地各所に詩歌作家を派遣、自作朗読の慰問や創作指導などを盛んに行ったのもまた、このころである。

経過の説明に、こだわりすぎたきらいがある。これもみな、戦意高揚を目的として開催された会という会には、必ず詩歌が朗読された、ということを例証するためである。このように、詩歌は〝聖戦完遂〟を金科玉条とする国家権力に、完膚無きまで利用されつくした、といっても過言ではない。

三

詩歌が太平洋戦争下の国家権力に、もっとも利用されやすいジャンルであったなかで、特に歌人の意識内部に抱える様相は、無惨きわまりなかった。それは、ほとんど神がかり的としか表現しようがない、つぎの引用に象徴されている。かつて「短歌の旧派化を救へ」[注12]と叫んだ岡山巌が、十七年三月号の「短歌研究」に寄稿した「第二創世の文学」と題する、それこそ「救いようがない」文章である。「つひに来るべきものがやつてきた。昭和十六年十二月八日の黎明のことであつた」「それはかつて経験したことのない感動であつた」とまず書き起こし、以下のようにつづく。

吾々が全身の血をもつて新たに確認したことは、神の国日本といふことであり、そこに生れあはせたことの至幸であつた。われわれは神話と歴史とから日本の神性を知らないものではなかつた。然し今こそ現実にこの身をもつてそれを知ることを得たのである。草莽の臣なにをもつてこれに報いるべきを恐るるのみであつた。

このときほどこゐたからかに歌ひ叫びたい衝動を感じたことはかつてなかつた。このときうたはずにいつの時うたふことがあらう。この心が歌とならなければ何ものが歌となり得よう。さういつた衝撃の鞭は間断なくわが身の上に加はつた。感動が率直に歌を要求した。吾々の血が純粋に日本人になり切つたとき、其の血が求める言葉はとりも直さず歌であり、歌以外の何ものでもなかつた。かういふ心の騒しさは歌を詠む者にとつて初めて与へられた恵みの日であつた。

さらにつづけて、「愛国が歌を生み、和歌が愛国を生んだのみならず、和歌を作ること自体が一つの愛国的行動であつたのである」「短歌はもともと日本の御用文学であつた筈である。その日本とは日本らしさの最も高潮する対外戦争にあたつて、日本につかへる文学たる短歌がいかばかりその御用性を発揮しても過ぎることはない筈である」と述べている。「短歌はもともと日本の御用文学」であったと断言するに至っては、もう何をかいわんやである。

こんな言辞を弄する岡山巌が、当時としてはきわめて異常だったのであろうか。いや、そうでなかったからこそ、短歌の底なしの不幸があったのだ。岡山と同じ病者は、ほかにも限りなくいた。中村正爾も、「今や日本の文学者たちは（中略）すべてが大東亜完遂の為に、一丸となつて協力すべき時であることは勿論であるが、とり分け日本文芸の根源をなす短歌が、歌壇人が、其の指導的役割を果さなければならぬ[注13]」と言明したし、四賀《しが》光子に至っては「天皇に帰一奉る、これこそ万世不易の日本民族の信仰であり、この信仰はまた歌人の理念となる（中略）我我の今後の歌は天皇の民たる理念を感動の節奏として表現する[注14]」と、臆面もなく記している。

戦争協力への理由を、詩や俳句がどちらかといえば国家存亡の危機への個人的自覚に依拠させたのに対し、短歌の不幸は、ジャンルそのものがもつ発生以来の伝統的神性に回帰させられたことにある。開戦翌々日から朝日新聞紙上に作品を発表した詩歌作家の最初が、吉植庄亮。つぎに斎藤茂吉、そのつぎが斎藤瀏、そして会津八一。といったように、いずれも歌人ばかり。当時の歌人自身の盲目的な感情発露ぶりと、体制の歌人への依拠的仮託度が突出的にうかがえよう。

戦争下の国民一般の戦争という現実状況への関わりかたはどうだったのか。軽々しい集約化は避けなければならないが、考えの目安としてあえて分類しようとすれば、たとえばつぎのようには考えられないだろうか。

① 国家権力に対し、積極的に協力した〝戦争肯定派〟
② 戦争があれば戦争、平和になれば平和を謳歌する日和見的な〝体制順応派〟
③ 戦争は肯定しないが、一時逃れの〝消極的協力派〟
④ 思想的に反戦的立場にありながらも、権力に屈服した〝転向派〟
⑤ 抵抗・反戦運動もしないが、協力もしなかった〝厭戦派〟
⑥ 命を賭けて信念を貫いた〝抵抗・反戦派〟

この分類をそのまま詩歌作家にあてはめると、当時の大家クラスのほとんどが〝戦争肯定派〟であったように、中堅クラス以下の大半も〝体制順応派〟〝消極的協力派〟〝転向派〟のどれかで、詩人の小熊秀雄などがすでに他界していた詩歌界にあっては、〝抵抗・反戦派〟は皆無に近かった。このあたりがヨーロッパとは異なり、レジスタンス運動の歴史的基盤に欠ける一国家一民族の純血主義の脆さであろうか。ただ〝厭戦派〟に入るだろうと考えられる人物が、詩歌作家のなかにも何人かはいた。詩人の金子光晴などは、そのなかでももっとも際立った存在となった。

四

戦争下における金子光晴の姿勢を高く評価する声は、特に詩人の間に大きい。金子をもし批判しようものなら、批判するおのれ自身が、戦争下のうしろめたい姿勢にメスを入れられるハメに陥る体験派詩人が多いせいでもある。したがって、金子評価はあくまで相対的で、絶対的評価をしにくい面が評者側自身にある、ということをその特徴としている。

そらのふかさをのぞいてはいけない。
そらのふかさには、
神様たちがめじろおししてゐる。
飴のやうなエーテルにただよふ、
天使の腋毛。
鷹のぬけ毛。
青銅《からかね》の灼けるやうな凄じい神さまたちのはだのにほひ。秤《かんかん》。

そらのふかさをみつめてはいけない。

その眼はひかりでやきつぶされる。
そらのふかさからおりてくるものは、永劫にわたる
権力だ。

そらにさからふものへの
刑罰だ。

信心ふかいたましひだけがのぼる
そらのまんなかにつつたつた、
いつぽんのしろい蠟燭。

これは、十年ころに書かれた「燈台」[注15]と題する作品の最初のパートである。日華事変の年の十二年八月に、知友らのすすめで刊行された詩集『鮫』に収録されている。以後はさすがに詩集刊行は思いもよらなかったが、詩作を怠ることなく、その成果は敗戦後つづけざまに詩集となって世に問われる。厚く偽装をこらしているので、当時の検閲官の目から逃れられたからよかったものの、この作品が象徴的な技法を使って、天皇制を批判していることは明らかだ。

しかし、太平洋戦争前に刊行されたこの『鮫』の存在をもちろん知らないはずがないが、知っていればなおさらのこと、日本的な意味でなく、ヨーロッパ的な意味で金子を〝抵抗の詩人〟と呼べない無念さを抱き、金子光晴という詩人の意識の底流に澱む日本的なものの限界を見据える評価も、昨今現われてきた。年齢的には、戦争のいわば被害者側の立場に属する若い世代である。たとえば、そのなかのひとりの詩人・高橋睦郎は、「もっとも金子さん自身は、抵抗詩とみずから言ったことは一度もないだろうけれども」とあとで断わりながらも、つぎのように述べている。[注16]

戦時中のいわゆる抵抗詩については異存がある。軍隊・官憲とこれに追従する者のみのさばっている世に対する憤りを窃かに書きため、これを戦後になって本にしたことが、はたして抵抗といえるだろうか。当時、非合法的にでもそれらの詩を発表し、官憲に抵抗してこそ、はじめて抵抗詩と言え、抵抗詩人と言い得るのではないだろうか。

まったく、同感だ。だからといって勿論、東南アジアのこの島国のなかでは、この詩人の価値が当分下がりそうもないのだが。金子光晴の精神をも含めた肉体の半分は昔ながらの日本人であっても、あとの半分は、数度にわたる海外流浪体験の結果、日本を捨てて無国籍者になっていた。かろうじて、かれを〝厭戦派〟の詩人にとどめ得たのは、この半分の無国籍者の方だが、あとの半分の日本人の血は、この国の詩人の大家の列に連なりたい思いでつねに心騒いでいた、としても不思議ではないだろう。だが結局は、千載一遇のこの戦乱期のチャンスにのらなかった、というだけの話にすぎない。のせなかったのは、先見の明と無国籍者のしたたかな合理精神である。こうして敗戦を迎えると、かれは少しずつ特異な有名人となっていった。

以上、近代戦争文学のジャンルとしての詩歌部門について、太平洋戦争下を中心にして論述した。

詩歌が、ジャンルとしていかに戦争に利用されやすかったか。なかでも、国家創世以来の神話に幻惑されざるを得なかった短歌の盲目的な不幸。そのなかにあって、たとえば詩人の金子光晴が非協力の精神を貫き、詩歌全体の面目をかろうじて保ち得たこと、などであった。

注1　「明星」（明治三十七年九月）発表の反戦詩。
注2　「太陽」（明治三十八年一月）発表の反戦詩。
注3　シベリアのラーゲリでの抑留体験を直接・間接的に反映させた、「サンチョ・パンサの帰郷」などの一連の詩篇群。
注4　昭和五十二年五月にワニ・プロダクションより刊行した、もっともすぐれた最新の戦争詩集。

注5　『昭和戦争文学全集』第四巻（昭和三十九年、集英社刊）「解説」。
注6　注5と同じ。
注7　ワシオ自注。
注8　注5・注6と同じ。
注9　朝日新聞昭和十六年十二月十一日付。
注10　同紙昭和十六年十二月二十四日付。
注11　同紙昭和十六年十二月二十七日付。
注12　「短歌研究」昭和十三年六月号に発表の短歌革新論。「今の歌壇は凡そ既に旧派になつてゐると見て差支へない。さうでないのが例外である。お歌所派に比すればなほ幾分新らしいかも知れぬが、生きた現代から見てとうの昔に旧派になり終つてゐるのではないか。どこに現代の血が流れてゐるか。どこに現代の表現があるか。」〈要旨〉。
注13　「短歌研究」昭和十七年二月号、「歌壇時評」。
注14　「潮音」昭和十七年二月号。
注15　『金子光晴全集』第二巻（昭和五十年十月、中央公論社刊）所収。
注16　「現代詩手帖」昭和五十年九月号、「教師・反面教師」。

〈新批評・近代日本文学の構造『近代戦争文学』
一九八〇年八月、国書刊行会刊初出〉

いわゆる〝詩人美術評論家〟の系譜

たとえばどんなに秀れた作品を次々と発表したところで、一筋に詩作だけを職業とする詩人など、この国にいったい居るだろうか。谷川俊太郎が唯一人、それに近い存在かもしれない。だが彼でさえ実際には、詩作を軸として、その関連のエッセイや講演などの雑収入で、かろうじて詩人としての面目を保っているにすぎないのではなかろうか。一般の詩人は例外なく、学校の教員やビジネスマンに代表される他の職種で、自分や家族を扶養しているのが実状だろう。新体詩がヨーロッパから導入された明治以来、なぜかこうした傾向は、ものの見事に変っていない。詩誌自体が時折、「詩人と職業」という特集を組みたくなるゆえんだろう。

職業それ自体で生計を営めるのがプロ、営めないのがアマと定義するなら、残念ながら日本の詩壇そのものが大いなるアマチュア集団にすぎない、ということができるかもしれない。最近、いつになっても二足の草鞋を履くことを強いられ、経済的にプロとして自立できないもどかしさのせいか、売れる、売れないというプロ本来の尺度の問題を詩作技術の巧拙に摺り替え、どうしても自己存在をプロとして周辺にアピールさせたい詩人たちが続出している。技術的に未熟な詩人たちを、彼らが「アマ詩人」とさげすむ現在の一部の風潮に至っては、まことに笑止千万、といわなければならない。
しかし考えようによっては、詩人はそれほど悲観した職業でないのかもしれない。俗によく、あれは潰しが効く、効かない、などという。その場合の「あれ」はたいがい、職種か、人間を指している。本来の目的以外に、別の目的にもすぐに対応可能かどうか、問うているのだろう。詩人はその点、詩作の原稿料だけではまったく生活が成り立たないけれど、潰しの効く職種として、とりわけ芸術ジャンルでは、最たるものなのではなかろうか。

詩作する一方で小説を書く、絵を描く、美術を論ずる、歌や曲を創るなど、さまざまなジャンルで報酬を得ている詩人が、無数にいる。それはほかでもない、有史以来、詩が、いや詩人の豊かで鋭敏な感性が、どんな創造の領域とも根源的に深く関わり、それなりに必要とされてきたからだろう。

明治以来の日本の芸術ジャンルについていうと、現在に至るまでもなお、詩人でありながら小説を書く、いわゆる〝詩人小説家〟がもっともポピュラーだ。そのつど、さまざまな話題を提供している。彼らが小説を書き始めるようになる動機として、創作上の内的必然性が必ずといってよいほど言挙げされるけれど、本当は、ほとんどが経済的理由によるのが明らかかと思われる。

村山槐多ほどの〝詩人画家〟とまでにはいかないにせよ、詩人で絵を描くケースが、決して珍しくない。画家志望だった西脇順三郎、金子光晴、岡崎清一郎を初めとして、草野心平、宮沢賢治、小熊秀雄、富永太郎、立原道造など、挙げれば切りがない。

しかしここで問題にし、紹介したいのが、主として展覧会評を書き、その実績の上に立脚して、「美術評論家」の肩書を得るに至った、いわゆる〝詩人美術評論家〟の存在である。詩人でありながら大学に勤務し、その延長線上で、美術を歴史的、美学的、詩的に論じるタイプもいるけれど、ここでは除外する。あくまでもスタート時に詩を書きながらも、やがて美術評論家となった一連の人々を対象としたい。


詩人の全国的な権益団体というか、親睦団体に、日本現代詩人会と日本詩人クラブがあるように、美術評論家には、東京国立近代美術館を連絡事務所とする美術評論家連盟がある。頭に固有名詞が冠されていないのは、正式には現在、パリに本部を置く国際美術評論家連盟（ＡＩＣＡ）の日本支部に当たるからである。

美術評論家連盟の会員数は現在、百五十四名。入会するには、会員二名の推薦を必要とする。自ら実績書類を提出し、推薦人が出席して推薦の弁を述べ、総会の議決を得なければならない。美術館建設ラッシュが依然としてつづく昨今、美術館館長を含む役付きの学芸員が会員となるケースが、きわめて多い。美術史や美学を講ずる大学教授が、それに次ぐ。

これから私が述べようとする〝詩人美術評論家〟は、数の上では以前に較べるとやや下降気味となっている。下降気味というより、美術館館長や学芸員の急増が、そのような印象を余儀なくさせているのかもしれない。ちなみに一九九三年現在、〝詩人美術評論家〟のカテゴリーに入ると思われる会員を名簿からざっと拾ってみると、瀬木慎一、ヨシダ・ヨシエ、日向あき子、織田達朗、岡田隆彦、平井亮一、ワシオ・トシヒコ、建畠晢などだろうか。

元・詩人だったり、現在も詩人だったりするこれら〝詩人美術評論家〟に共通するのは、八名中、四名（日向あき子、織田達朗、岡田隆彦、平井亮一）までが、「美術手帖」が不定期に公募する芸術評論の上位入選者である点だろう。美術評論家になる早道は、まず「美術手帖」の芸術評論に応募して入選することと、巷でまことしやかにささやかれるのも、根拠のない話ではない。

戦時中より詩作していた瀬木慎一が、第一詩集『夜から夜へ』を出版し、壺井繁治に「この暗さの中で現実の核心を捉えようとする眼が動いている」と評されたのは、一九五六年のこと。その後、野間宏、関根弘などの「列島」の同人となり、「現代詩」にも執筆した。現在では守備範囲の広い美術評論家として知られ、とりわけ、市場や流通動向の分析にかけては、他の追随を許さない。

女性の美術評論家の先駆的存在ともいうべき日向あき子は、瀬木慎一の前夫人である。同じ詩仲間として、得難い時期を共にしている。アメリカのポップアートの紹介で一躍、名を売った。

詩人としての岡田隆彦については、改めて述べるまでもないだろう。そもそもが画家志望で、大学卒業後、美術出版社に勤めていた。ただ最近、美術評論家としての活動がいくらか影を潜めた感がしないでもない。

大阪の国立国際美術館の学芸員だった建畠晢が近年、多摩美術大学に転じ、詩集を上梓した。それが幸いしてか、美術評論家としても、多角的に活躍するようになった。

「破片」という秀れた詩篇をかつて書いた織田達朗、詩集『予感』の平井亮一は、前者が一九六〇年代、後者が一九七〇年代をリードする尖鋭な美術評論家だった。現在では共に、第一線から後退しているのが惜しまれる。

岡本信次郎との詩画集『ぶるる』などを有するヨシダ・ヨシエの特異な美術評論家への道は、一九五〇年代初頭に、丸木位里・俊夫妻の「原爆の図」の巡回展を組織化したことからスタートした、といってもよいだろう。反権力とシュールレアリスティックなエロティシズムの饒舌体が、まだまだ艶を喪っていない。

以上が一九九三年八月現在、美術評論家連盟に所属する〝詩人美術評論家〟の面々のプロフィールである。

美術評論家連盟は、一九四九年に結成された美術評論家組合を前身とし、一九五四年に創始される。初代会長自身がそもそも、〝詩人美術評論家〟と称してよい人物だった。土方定一である。

戦前に文学評論で知られる土方定一は、戦後、詩誌「歴程」の同人として名を連ね、編集も手伝った。戦時中、中国大陸で親しくなった草野心平に誘われたものと思われる。初めての地方公共美術館である鎌倉の神奈川県立近代美術館の副館長から館長に昇進し、辣腕を振るい、今日の美術館行政の基礎を作った。多くの学芸員を育てた実績と共に、その権威志向が美術評論家としての頂点を極めた、といってよいだろう。

土方定一のあとに、二代目会長に祀り上げられたのが、名実共に、もっとも〝詩人美術評論家〟にふさわしい滝口修造である。その誠実な人間性と、この国にマルセル・デュシャンのネオ・ダダイズムや、アンドレ・ブルトンなどのシュールレアリスムを逸早く導入した功績を敬仰し、今でも、彼にオマージュを献げるコンテンポラリー系の若いアーティストがあとを絶たない。

資質を異にする土方定一と滝口修造を核とし、美術評論家連盟には属していなかったけれど、その周辺で光彩を放った〝詩人美術評論家〟としては、戦前からの川路柳虹、矢野文夫を初めとして、高橋新吉、小森盛、菊地芳一郎など多士済々だった。

このように振り返ると、戦後の美術評論界を牛耳ってきたのが〝詩人美術評論家〟だった、といえないこともない。

こうした流れは、何もこの国ばかりではない。歴史的にみても、世界的傾向といえるだろう。その辺の事情については、高階秀爾著『世紀末芸術』（一九六三年、紀伊國屋書店刊）に詳しい。掻い摘まんで要約すると、次のようになるだろうか。

一般的に美術評論は、十八世紀の半ば、フランスにおける二年ごとのサロン（官展）がようやく軌道に乗るようになってから、サロンと観客とを結びつける役割を担って登場する。

古典主義時代のように、画家が王侯貴族の庇護を直接受ける主従関係のもとで制作する時代が去り、不特定多数の小市民階級を主要な顧客に迎えるようになると、彼らに美への手引きをする評論家が必要となったわけである。しかし時代が経るにつれ、美術評論家の役割は次第に、作品の解説や採点に傾斜し、悪い場合には、党派の宣伝や政治的デマゴーグに陥ることも稀でなくなってくる。評論が、作品に寄り掛かって存在するようになってしまったのである。

こうした寄生的状態に対し、評論の独立性を強く主張、美術評論そのものを確立させようとしたのが、ほかでもない、あの世紀末の象徴詩人、シャルル・ボードレールだった。批評について、彼は次のように述べている。

「私は最良の批評とは、読んで面白くしかも詩的なものであると深く信じている。すべてを説明するという口実のもとに、愛もなく憎しみもなく、個性的気質をすっかり失ってしまったあの数学のように冷たい批評ではなく――美しい作品とは画家によって捉えられた自然であるがゆえに――良き批評とは、知的で感受性豊かな精神によって捉えられた作品であるべきである。したがってある絵についての最高の批評文は、例えばひとつのソネットやエレジーであることもできるだろう」

現在の一般的な美術批評観からすれば、批評が「詩的なもの」であり、最高の批評家は、例えばひとつの「ソネット」や「エレジー」であることもできるとする言説は、時代錯誤も甚だしいと見做されても致し方ないだろう。しかし、ボードレールこそまさしく、世界各地に現在までつづく〝詩人美術評論家〟の系譜の祖だったことに疑義を挿しはさむ余地など、まったくないのではなかろうか。

〈「詩と思想」一九九三年十一月号初出〉

詩と美術の間で、若い皆さんへ

——文教大学大学院情報学研究科講演ライブ

概要　詩と美術の間は一見、遠いようで近い。近いようで遠い。微妙なこの緊張関係が、イメージの中でどのように絡み合い、思考され、感受されるのか。今回は、二篇の自作詩を朗読し、更に二作の或る油彩絵画をスクリーンに映し出した上で、自ら詩作し、絵画を評する立場から、日常的ライブ感覚のトークで、創造行為の秘密に迫る。

ワシオです、こんにちは。今司会者がなにかこそばゆくなるような紹介を……。だいたい紹介というのはオーバーになるものですね。ちょっと割り引き「あ、そういう男なんだ」と思っていただければ幸いです。

このなり格好、見てください。これ、普通だったら「あいつ失礼じゃない」「帽子くらいとれよ」「そのマフラーなんだよ」とか、言いたい人がいるかもしれないけれど……。

僕は美術評論家が表で、裏の顔は詩人みたいなんですけれど。きょうはその詩人の顔を表に出し、皆さんとお話したいと思いこんな格好を。詩人であればやはりアナーキーで、リベラルでありたいと願っているんです、常に。日本の近現代詩人でいうと、例えば村山槐多や中原中也や小熊秀雄や金子光晴などのように。だんだん世の中監視社会みたいになってきて、互いが互いをネット上で監視するようになったりして、だんだん窮屈になってきていますよね。だいたいこの頃風景が全くちがうように僕には見える。例えばそうですね……、駅のプラットホームではみんな何故かうつむき加減で、何をやっているかと思えば携帯ですね。車中でもそうです、だいたいどこでもそうなっている。文化全体が内向きになりつつある、人間そのものが機械に管理されているというか。そういう流れになっている。言ってみればそれは、今の世界の大きな流れで、僕なんか待ったをかけたいんですよね。せめて声だけは出したい。

皆さんの手元にわたっているプリントのなかに「ネット・イリュージョン」という作品があります。大きなネット社会にたいし、これで良いのかと疑問を呈している詩なんです。もう行くところまで行くのだろう、と。要するに人間が生き残るとはそういうことなのだろう、と。何か利便性を得るとそれにとことんいってしまう。それが一つの大勢であるとすれば、そうでない人たちもいて、流れはそれでいいのかという人がいてもいいんじゃないか、と思うんです。僕は現在、携帯を持っています。母親が高齢でしたから、いつ枕もとに呼び出されるかわからない、ということも考えられたので。歩いていても電話連絡できるということで。それが去年亡くなりましたので、もう必要がなくなったんです。だからあくまでも移動電話くらいの程度に考えて歩いている。ほかは、何もしません。なんていうんですか……メールとかね。あれやるとね、特に批評の仕事なんかやっていると、私の作品がどうだこうだとか、どこそこであなたがこういったからこうじゃないですか、とかなんとか。電話がきたらいちいち反応しなきゃいけなくなる。自分の時間がなくなっちゃうんです。いろいろきて反応しないと、応答しないということになって。そういう事件が常に新聞紙上に出てますけれどもね。

そういうことでこのネット社会、いつかどこかで人間の英知を結集し、歯止めをかけ、ブレーキをかけることを考えなきゃいけないだろう、というのが僕の考え方なんです。僕はモノを書く人間ですから、昔は編集部や、出版社なんかによく行ったりしたんです。今は行ってもダメ。みんなもう機械へ、箱へむかっているわけですから、声もかけられない。昔だとみんな自分のデスクがあって、いろんな資料がつんであり、タバコ吸ってたりなんかしていましたから、訪ねるとにこやかに迎えてもらえて、いろんな情報が交換出来たりしたんですね。マンツーマンで、相手の目を見て表情を伺いながら話ができた。今は全然できない。だからほとんど原稿やなんかも……。僕の場合ＦＡＸで原稿を送り、メール登録とか一切できないんです。だから僕は、まだちょんまげを結っているようなもの。みなさんはもうとっくに、ちょんまげを結わないで暮らしているんだろうけど。ある意味で僕は、時代に乗っかれない人間、っていうふうにも見えるだろうと思いますね。

そんな男がなんで情報学部という、ある意味では先端技術を教えるところへきたのか、不思議じゃないですか。ここで見事に、デジタルとアナログとが接触してるわけです。大半がデジタル人間で、僕だけがアナログ人間ですけれどね、これには意味がある。どんな意味かっていうと、要するにみなさんはデジタルというかグローバルスタンダードでずっときている。それを当然のこととして、未来の仕事をしようとしているわけですね。

大きな潮流の中でそういうことをやってる。僕はそれから外れるというか、意識的にはみ出そうとしているところがある。その取り合わせ、コントラスト、対比関係が実に興味深い。興味深いということに意味がある。つまり未だにアナログ的なものの考え方をしている者もいるんだという現実、ちょっとあいつは大丈夫なのかな、そのままずんずんずんこの格差社会、情報社会の中でとりのこされていくのではないかと。それでもいいっていう人が、なかにいるわけです。

みなさんは孫のようなもので、僕の場合、年齢的に先が無い。先が無いからこそ待ったが言えるし、歯止めもかけられる。多少おかしな言動もできるということがあるんですね。みなさんは若いので、これからのことを考えなければいけない。この世界においてどうやって生き、どんな職について、どういう人生設計を立てようかということを考えた場合、やはりこの大きな潮流から外れるわけにいかない。善かれ悪しかれ、そういう現実なんですね。

そんな潮流に乗りながらも、一方ではアナログではどうなのか。アナログは言ってみればヒューマンスタンダード、と思っているんです。要するに人間としての原型、素朴だけど元の形っていうか、そういうものの存在を考えながら先端技術というか、デジタル社会を考えていくっていうことが大事なんです。その間をどうバランスとっていくかということですね。この社会を信じ切っていいのかということに対して、いや、待てよ、ちょっと考えてみようかなということでアナログ的発想、まあある種の哲学を考えることによって、むしろデジタル社会をより安全なものというか豊かなものにできるんじゃないか、と僕は言いたいわけです。で、話はちょっと横道にそれますけど、実はこの講演、高田先生に声をかけられてのことなんです。先生は文教大学が湘南台駅から三十分くらいかかるって言っていたんです。バスでいまどき三十分っていえばひと山こえるじゃないですけど……言ってみれば都市の僻地みたいなところへ行くのかなって思っていたんです。そうするとだんだん緑が豊かになって……と思っていたら案外そうでもなくて。というのはそうした大学が今結構あるんです、郊外型のね。僕が関わった駿河台大学や女子美術大学もまぁいってみれば都市の辺境にあるんです。大変だなと思ったんですが、実際にはそうでもないですね。

郊外型の都市っていうか、それをずっと抜けて行って、だんだんキャンパスに近くなって。バスを降りて歩くと、ちょっと丘陵状になっているんです。高くなっているんですね、で、降りて、学生のあとをくっついていったら、守衛室になっていたんです。そうしたらおどろいたんです、あっと思ってね。その建物、なんか中世のイタリアの或る都市、自治都市というのか、そういうところを思い出してね。全体が小高く円形になっていてそこに建物が。茜色というか橙に近い赤系に統一して見え、あたかも小自治国家といったようなところに着いたな、っていう。どなたがお考えになったか分からないんだけれど、色彩感覚っていうのは普通、どこかに別の色を大胆に持ってくるんですけど、意外と一つのトーンというか色調でまとめたというのがいいですね。メルヘンチックというか、おとぎの国というか、中世的というのか。そういう意味で、いってみればアナログ的発想ゾーン、こういうアナログっぽい、ちょっと時間を隔てたような空間の中で、みなさんのように先端の情報に関わる勉強をしているんだなっていうね、そのコントラストが面白いと感じました。

こんな風にだいたい詩人というのは、一つの現象というか一つの現実の空間に身を預けながら、そこから抜け出るというか、常に第三者の目というか客観的に世界をみるというか、そんな習性があるんです。もちろん、そうでない詩人もいるでしょうけれど。詩人というのは、自分でありながら、自分でないもう一人の自分に接してみたり、現実を観たり、家族のことを考えるとか、社会の……それが詩人なんですね。

僕は詩人というのは、もう一人の自分、もう一つの眼をもっている存在だと思っているんです。インサイダーではないんです。社会があって、国があって学校があって、そこだけが世界じゃないんですよね。ワンクッションおいて別の目でみる、もう一つの眼を持っている人間、それが詩人というものではないでしょうか。

（黒板に名前を書く）

名前はこうなんです。これはもう一つの眼と関係がある。いわゆるペンネーム、筆名っていうやつですね。本名は「鷲尾俊彦」。画数が多くて、鷲尾っていうと猛禽類の鳥を思い出し、なんか怖そうでしょ。それに対し、俊彦っていうとなよなよっとした感じで。だから頭でっかち、しりつぼみというのか、要するにバランスがとれていないんです。苗字と名前とのね。それがどうも気になって。

詩を書き始めたのが中学生からです。その時、名前を変えたいと思ったんですよ。いわゆる、ペンネーム。本名では画数が多いし難しいし、上と下のバランスが悪い。ペンネームっていうのは変身願望でね、自分であって自分でないものに変わろうとする。そういう欲望なんです。

天城俊彦とかね、いろいろ考えたんです、ああでもないこうでもないって。でもね結局、いいペンネームに巡り合えなかったというか、見つけられなかった。それじゃあ、とりあえずは裸のままがいいだろうと。漢字っていうのはだいたいイメージ言語ですよね。漢字そのものから、例えば愛子さんっていったら、愛そのものを、優しさみたいなものをイメージしたりね。漢字っていうのは、表意性が強いから。

だから、そんな見方をされちゃうと困るなってこともあった。じゃあまぁ裸のまま、骨格だけでいいじゃないか。真っ裸で人生歩んでみようじゃないかということで、カタカナにしたわけですね。カタカナそれ自体は何も意味しない。ワシオ・トシヒコと知らずに何らかの機会で出会うことになったとしても、先入観念を持ちようがないですよね。単なる記号ですから。まったく意味をなさない。表音文字だからね、音だけの名前です。イメージの持ちようがない。それが狙いだったんです。だんだん詩を書いていくうちに、自分なりの漢字のペンネームを持とうと思ったのですけど。だんだん日が経ってしまい、すっかりこれになじんでしまったというわけ。

今ではもう漢字でかかれても「えっこれが僕なの」っていう風に、本名突きつけられてもわからない。郵便物やなんか、すべてカタカナ書きで通しているから。ですからこれもさっきの話じゃないですけど、やっぱりもう一つの眼というのか、親がつけてくれた名前だからこれでいいじゃないかってことでなく、自分のイメージで名前を創ろう、考えようっていうことで、こういう風にしたわけですね。それが高校時代。

最初の詩との出会いっていうのは、みなさんもそうだろうけど、中高校生の頃って多感な思春期ですから、初めて異性に目覚めるというのかそんなことがあるわけですね。最初はつまらないことで落ち込んだり、そういうことで恋愛詩というか、失恋するとちょこちょこっとメモなんか取るんです。手帳やなんかにね、言葉をただ連ねるわけ。連ねていくうちに、何か形にしてみようかなとか。これが詩なのかっていうことになって、詩の世界へのめりこんでいく。だいたい詩人になる契機っていうのは、恋愛がいちばん多いんじゃないかって思いますね。あとは身近な人が亡くなったとか、そういうつらい思いとか。僕もだいたいそういうことで、書き始めているわけです。

恥ずかしい限りだけど、こういうものを書いてお金が貰えるわけではない。詩っていうのは、肩書になり得ないのです。あなたの肩書はなんですかっていったら、本当は詩人なんていうことは言えない。詩人という名刺など持てないんですよ。肩書っていうのが職業そのものを表すとすれば、詩人っていうのは今の日本では職業たりえないですからね。谷川俊太郎さんとか新川和江さんなどいるじゃないか、と言われそうですが……。かれらは十分食べているだろうと思うけれども、別に詩だけ書いて印税で食べているわけじゃなくて、周辺のこと、エッセイとか講演とかで食べている。どちらかといえば、詩っていうのは無償の行為なんですね。何もあてにしないというか、ある意味で日記の延長ともいえる。日記なんだけどそれを芸術化するっていうのか、そんなものなんだと思うんです。だから今でもね、詩人ってたくさんいるんです。

詩人にもいわゆる社会のなかの半端仕事というか、例えば工事現場で交通整理をやっている人とかいるんです。ちゃんと大学を出て、肉体労働をしながら何をやるかっていうと、詩集を出すんですよね。要するに自費出版です。ほとんど詩集ってのは自費出版ですから。一〇〇万円近く取られるかもしれない、それを延々とやっているんです、ほとんど書店に並ぶわけでもなく、仲間にただあげるだけ。それに生きがいを感じているっていうと、みなさん驚きでしょ。一〇〇万円出すのであれば、もっと買えるものがあるでしょ。高価なものをバーンと買って誰かを喜ばせるとか、プレゼントするとか、いろいろある。けれどもそういうことをしないで、生きがいにしている人たち。それが平均的詩人像なのです。

詩くらい相手に何も求めない無償の行為は無いのじゃないか、と思います。話がまた自分のことに帰りますけれど。僕もずっと詩をかいてきたわけですけれどね。もちろん詩で食べていけない。最初は田舎教師をやりたいということで、岩手県の青森に近いところで高校の教員をやったことがあります。一年勤めたらもうなんていうか、全てが見えてきたというか、飽きたというか。最初、向上心でヤル気満々でしたから、このまま公立高校の教員として生涯の路線がひかれ、それにのるだけでは嫌だなと思って。一年でやめすぐ東京に帰ってきたんです。そのあと出版、校正の仕事とかいろんなことやって。で、まぁ何度も言うように、詩じゃ食べていけない。詩を書く傍ら大学の非常勤など、何か定職を持たなきゃいけない。いろいろな職を体験し、どうにか美術界へ入ったわけです。しかも評論で。これがまた大変なんですよ。けれども詩と比べて、マーケットがある。美術界っていうのは、絵描きさんに限らず立体でもいいんだけど、美術家は売れれば大きい。いろんなコンクールがあったり、ギャラリーがあったり。景気のいい年ならそれなりに売れます。売れるからこそ美術ジャーナリズムができ、専門誌や業界誌が成り立つ。そこへ書くと、わずかな原稿料ですけれどもらえる。

僕は窓際っていうのが嫌いなんですよね。大体詩人というのは、窓際でもよしとする。詩を書くためにしょうがない、っていうんですけれども。企業へ入って窓際で過ごすってどうもね……。

束縛されるならやっぱりてっぺんを目指すっていうのか、それやんなきゃ男じゃないっていうまぁ古いタイプかもしれないけれど、そういうところがある。それができないなら苦しくても外へ出て詩を書けばいいじゃないか、っていうのが僕の考え方。その僕が選んだっていうか、流れてきたのが美術の世界だったわけです。そういうわけでこの世界も長くなりましたけれど、何とか食べていっているのが美術評論、それは表の顔。裏の顔は中断もありましたけれど詩なんですね。

どちらかにしたらよいじゃないかと思うかもしれないけれど、できないですね。ほかの人はできるかもしれないけれど。なんでできないかっていうと、美術評論っていうのはだいたい対象がある。美術家、それに作品があるわけです。常に、作家とか作品があって成り立つ仕事。だからそれに時々ね、飽きるっていうのか嫌気がさす、面倒くさいっていうのか。そういうところがある。もっと自由になりたい、もっと自分の思ったことを勝手に書いてみたいとか。そうすると、詩の世界がやっぱり必要になるんですね。周りから見れば何の役にも立つものでないかもしれないけれど。そこに自分の本音っていうか、書きたいことを書く。場合によっては自分の生きる気力になるかもしれないし、作品があって作家がいて、その人たちのことについて論じるだけではむなしいっていうか。両面があるんですね。両面のバランスをどうやってとりながら生きていくかっていうことが、常に僕の課題になっているわけです。みなさんの関心のあることとは関係のない話をしているような気がしますけれども、ちょっとここから本質的な話になる。今日の詩と美術の間、というテーマになっていくわけです。詩というのは皆さんもわかるように、言葉の連なりですよね。行分けしたりして。

美術っていうのは一種の画像っていうのか、映像っていうのか、そういう部分が大きい。

美術にはいろんなセクション、分野があるわけで、彫刻やら立体的なものや、みなさんが好きなイラストやデザイン的なものも美術ですから。みんな視覚的な目で見るもの。詩は目で見ますけど読むもの、頭の中で認識するもの。画像は画像としてぱっと出す。そういうものもイラスト風なものもそうなのかもしれないけれど、やっぱりタイトルっていうのが付きますよね。画題っていうんですか。ここに言葉っていうのが関与するわけ。純然たる絵の世界っていうのはそれ自体、画像だけで成り立っているんでなくて、画題が付けられる。それがポイントですね。ここで初めて言葉、詩と関わってくるわけです。

本来美術っていうのは、視覚芸術。文学、詩じゃないんだからノンタイトルの方がいいんだ、と無題で行く人もいます、当然ですね。名前付けるのが嫌だ、名付けなくてもいい。作品それ自体を観てもらえれば良い、どういう風に受容するか、それだけが問題なんだから、別にタイトルなんて必要ないよ、っていう人もいます。一時そういう動きが大きく突出したこともありました。でも今は、やはりタイトルをつける。題があって作品を記憶してもらうっていうところがあるわけ。言葉っていうのが、美術の中でも重視される。詩と美術の間は無関係ではない。互いに関わりあっているっていうこと。これが、今日話すことのキー・ポイントです。

僕は最初、詩と美術って話が来たとき、かなりアカデミックというのか突き放した感じで、ロジカルに話をしなきゃいけないのかな、学究的にっていうのかさかのぼって二つの分野を歴史的に考究しなきゃいけないのかな、と思ったりして。そうするとみなさんには、面白くない話になるんじゃないかなと思ってね。で、詩と美術のあいだ「で」を付けたんです。この「で」っていうのが意外とポイントなんです。「で」っていうのは助詞ですよね。だからこの下があるんです。たとえば「詩と美術の間を私は常に行き来している」「詩と美術の間で悩んでいる」とか、「詩と美術の間でとんでもないことを考えている」とかね。ものすごく人間臭い部分を隠しているっていうところがあるんです。だから意外とこの「で」というの、大きいかなと考えますけどね。

書画一致とか書画同源とか言いますよね。我々、書（文字）と絵は別々だっていう認識があるかもしれないんだけど、元々歴史的にさかのぼると、書と絵とは一緒だよっていうところから始まっているわけですね。じゃあこの書と絵は一緒と言ってもどっちが先でどっちが後かって。ビッグバンがあるわけだから、どっちかなんだろうって、人間は区別したいから、あるわけです。

もしかしたら書というのは、書くことだから、何億年前には原始人たちは互いのコミュニケーションのために、わけのわからないことを地べたに書いたりして、それを文字と称していたところがありますよね。要するにパピルスに書いたエジプトの象形文字がそうですね。あれは文字でありながら絵という側面ももっている。両方を兼ねて、それがやがて完全に自立していくわけ。それと一緒で、書が先か、絵が先かっていうのは、非常に難しい問題ですね。

詩というのも、だから今でこそ文字でプリントされたものや本になったものを読みますけれどね。もともとがこれも一種の音声で発したっていう、だから詩のうえにおいて朗読するっていうことは、ある種の歴史をふまえた行為なんだと思います。僕も詩を朗読しますけれど。僕の詩っていうのは、だいたい人の前で読むっていうことをかなり意識しながら書いていますから。

詩を後で読みますけれど、結構リズムを考えています。リズミカルで、小説を読むような感じではない。朗読に適していると思うんですね。絵と言葉、朗読の問題とかややこしくなってきましたけど、詩と美術というのはジャンルとして別々のものでなく、一緒のものであるっていうことなんです。この辺のことを歴史的に考察していけば、面白いんじゃないかなって思います。

さっき日本では詩というのは職業にはなりえない、と話したでしょう。けれども中国や韓国はすごいんですよ。詩集がベストセラーになるんですね。韓国にはベストセラーになった詩集があります。中国も伝統的に芸術の中で詩を最もステータスの高いもの、というふうに考えている。場合によっては詩人によって時代の先を見通すということがある。だから限りなく哲学に近いというか、そういうものをまさぐる人たちだということで上位におくんですね。

日本というのはまだまだ詩の社会的レベルが低い。ということは、言葉というものを重視していないというか。中国とか韓国のほうが、言語文化先進国です。それをなんとかしたいんですけれど。

（画像「茜さす」「月は狩りに出かけた」提示）

話はまた元に戻ります。ここに対照的な二つの作品、絵画ですけれどね、あります。観ての通り、一方はただ女の人をかいただけ。いわゆる具象画っていうか、みたまま、そのまま絵にした、そういう作品に過ぎない。誰でも理解できる、ああ女の人を描いているんだなというだけのこと。もう片方のこちらはわけがわからない、ただ色をのせているだけ。黒一色ですよね、ほとんど。いわゆるアブストラクト、抽象画っていうふうにいわれるわけですけれど。色面だけで作品化している。一時アメリカで流行った。日本でも流行りましたけどね。そういう類の完全抽象の絵です。この二点の作品、特別有名な画家でもなんでもない。注目したのがタイトルです。絵は文学じゃないし言葉じゃないから、視覚だけでいいんじゃないか。例えば整理番号で何番、それでもいいんじゃないかとね、極端に言うと。そういう考え方もかつてはありましたけれども。現在ではまぁ必ず名付けなければいけないんです。

で、「茜さす」っていう方のタイトル。もう片方のが「月は狩りに出かけた」っていう作品です。僕はこれを批評するのを頼まれた。ある上野の公募団体の会員の作品ですけどね。その機関誌に作品評を書かなきゃいけない。いろんな風にどうにでもかけるんだけれども、注目したのがこの「茜さす」。「茜さす」っていうことでみなさん、中学校・高校時代に教科書で習ったことないですか。僕がピーンときたのは「あかねさすうんぬん」の、あの万葉集の歌。「茜さす」っていうのは額田王《ぬかたのおおきみ》の歌の「紫」の枕詞だと思ったんですね。『茜《あかね》さす、紫野《むらさきの》行き、標野《しめの》行き、野守《のもり》は見ずや、君が袖《そで》振る』こういう歌なんです。

だいたい解釈すると、紫草が栽培してある庭園のところに自分が思っている人がやってきてうろうろしている。自分もそこに行こうとしている。そこには庭園を管理する人がいて、その人に見つかりはしないだろうか。その人と会いたいんだけれども、会えない、という気持ちを謳った、言ってみれば恋歌なんです。

その絵の図柄ですけれど、「茜さす」っていうのは茜色、赤ですね。茜色っていうのはつる草で赤っぽい橙色にもちかい色調なんです。文教大学も茜色風ともいえますよね。もしかしたら描かれた女性は画家自身でなくて、年頃の自分の娘さんだろうと僕は想像したんです。娘さんが万葉の歌のような恋をする時期っていうのか、そんな気分をこの絵に表現したいと思って、表情やしぐさを描いたんだろうと、想像したんですね。この作品、絵でありながらタイトルに文学を導入した面白さがあるわけです。「茜さす」を万葉の歌でないというふうに考えちゃうと別の描き方があるんだろうけど、作家が自らこうやっているわけだから、これに注目しなきゃいけない。というように、画家自身が暗示をかけているわけです。「茜さす」でなくて、ほかの……「鏡を見る娘」とかふつうにやっちゃうと平凡っていうのか、平凡でも絵がよければそれでいいじゃないかと思うかもしれないけれど。こういうタイトルをつけることにより、この作品の奥深さがにじみ出てくる、現れている、と僕は解釈するわけです。

さて、次の絵をみれば、面白おかしくもなんともない。ただ真っ黒でちょっとグレーっぽいのが入っているだけ、ほとんど漆黒です。闇ですよ。これについて書くには、こういう傾向の絵は、七〇年代にアメリカで誰それが描いていたとかね。歴史をさかのぼってこんなパターンがあったと書くかもしれないですけれど。画家はそのへん心得ていて、そういう薄っぺらな教科書的な批評は避けたいと思ったかもしれないですね。それでつけたタイトルが、なんと「月は狩りに出かけた」。

お月様が狩りに出かけたんですよ。ね、すごいでしょ。このタイトル。「月は狩りに出かけた」、これはまぁ一行詩のようなもの。僕はこの絵について書くのを普通は取り上げないですよ。でもタイトルに思わずひかれ、書いてみたいと思ったんですね。文字通り、月が狩りへ出かけて行って、ここには不在なんですよ。この空間には、ね。お月様は丸かなんか描きゃ説明になっちゃうから、彼はやらない。月が狩りに出かけていったからこそ、この色面空間には月が無い。だから真っ暗なんだよって、言っているわけ。絵としてはまぁ、どうでもいいかもしれないんだけれど。このタイトルを付けることによって、絵の世界が深くなったっていうことなんです。

だから、やはり言葉。ここでも言葉が作用しているわけ。言葉がいかに大切かっていうことですね。デジタルなみなさん、仕事をやっていてそれを画像化・映像化して作品化する場合、もしかしたら今度の作品どうかなとか、失敗だなと思ったら、場合によっては、言葉によってカバーする手もあるんです。タイトルで試みようとすると、文学的積み重ねっていうのか、そうしたものが無いと、やってもダメなんですけれどね。

そういう感性を持っている審査員かなんかに出会うと、おおやるじゃないのって言いたくなる。単なる映像だけで、デジタルでこんな仕事をやっている割にはこの人深いよと思う。こんなタイトルつけちゃうんだから、じゃあ考えようとかね。いい点をあげたり、良い評価をされたり、そういうことが可能なんです。その辺がやっぱり大事。画像と言葉、互いが補完関係にあるっていうか、そういう関係なんです。

まだ時間がありますか？　デジタル関係では、こういうことも考えている。公募団体の絵を見るでしょ。よく見ると技術的にうまい、下手がある。そういう差あるんだけれども、ともすると同じような作品がずらっと並ぶと、みんな一緒に見える場合がある。どうしてかっていうと、絵っていうのは大体、横軸・縦軸があるでしょ。しかも画面が四角なんです、基本的に。

みなさんの映像も平面化すれば四角になっちゃうわけ。これをね、もうちょっと自由にしたい。なんで面白くないかっていうと、縦軸と横軸に画像を合わせちゃうからです、構図をね。だから似たようなものになっちゃう。美術大学の課題は、その縦軸と横軸をいかに克服するか。乗り越えたイメージをつくるかっていうのが、大事なんですね。

僕だったらどうするかっていうと、簡単に克服できるんですよ。縦軸と横軸の構図の問題。どうするかっていうと、画面が四角くであっても丸く捉えるんです、対象を。それには対象やキャンバスが丸いというふうに考えるわけね。四角だけれども頭の中では丸いととらえればもう角もなくなっちゃう。丸いからどこから描いてもいいわけね。そうすると真ん中は無重力状態だから浮遊する。手が脇からぬーっと出てきても、人間が逆さになっても構わないわけ。そうすると限りなくイメージが自由になってくる。絵だけじゃなく、コマーシャルやなんかにも言える。テレビやなんかもね、どうしても縦軸と横軸にみんな合わせたコマーシャルやドラマ作りをしてしまうわけです。この僕の球体絵画論で、球体世界ふうに捉えるもっと面白いものができるのに。

でも一時ね、逆さに半分映したりとか、ちょっと僕の球体絵画論を読んだかどうかわかんないのだけれど、それらしいことをちらっとやる人がいましたよ。逆に人間が逆さになって出てくるとか、横になって……寝てるわけじゃないんだけど、横に立ってるとかね。そういうふうな。だから縦軸・横軸にとらわれないで、球体上に、対象が球体だと捉えればもっと映像がイメージが自由にできるだろうってことを、考えて。今その球体絵画論っていうのを美術誌で連載しているんで、いつかまとめたいと思っている。

絵の話はさておき、戻って詩の話をしましょうか。僕と皆さんの関係をちょうどコントラスト的に言うと、アナログとデジタル人間みたいに、非常に対比的だって言いました。その対比が両極なんだけれども、世の中のこういう大きな流れは変えようもないでしょう。けれども時には、これでいいんだろうかと立止まって考えることも必要だろうと考えて書いたのが、次の「ネット・イリュージョン」という詩なんです。

（自作詩「ネット・イリュージョン」を読む）

最後の連の三行は、遠い社会っていうのか我々の未来っていうのか、そういう風になるんじゃないのかっていうことなんですね。みなさん、この障害物競走っていうの体験したことあります？　ちょっと手を挙げて。これ知らない？　やらないのかな運動会で。あまりないです？　運動会って言ったら、障害物競走とか騎馬戦とかやったんですけれど。これは、そのことを読んだんですけどね。一番注目するのが、ネットくぐり。ネットが地面に敷いてあってそこに潜り込み、いかに抜けるかっていうことをやる。そのネットこそまさしくインターネット社会、情報社会の網の目のように僕には見えるわけです。

そこからいかに脱出するかというより、みなさんはそのネットをずっとくぐり続けないといけないっていうのがあるのかもしれないですよね。生涯、ネットの中で泳がされるっていうか、生きなきゃいけないっていうのか、それをちょっとシニカルに捉えた詩なわけです。

まぁそういう一つの世界の流れ、状況っていうのか、それをシニカルに捉えたのがこの「ネット・イリュージョン」。イリュージョンっていうのは幻想ですね。ネット社会の幻想っていうのか。ネット社会という先端技術の社会じゃなく、等身大の自分のレベルっていうか、日常の社会のことを考えてみたのが、次の「考える人」です。

（自作詩「考える人」を読む）

これはね、今皆さんの手許から手許へわたっている新・日本現代詩文庫『ワシオ・トシヒコ詩集』っていうアンソロジーの中に入っている作品です。これ、最近悩ましいことになってね。何チャンネルかのコマーシャルで、鶴瓶っていうんだっけ。あの人がちょうど階段状のところにかけて、ロダンの「考える人」っていうブロンズ彫刻知っているでしょ？　あのポーズとっているコマーシャルがあるんです。

ただ、彼のね、下半身の下着が透けて見えるようなポーズがイヤなんですけど。ナレーションがどことなく僕の詩に似てるんですよ。考えるっていうのとロダンを組み合わせてね。もしかすると、巡り巡って、誰かの手でそうなったのか、アレンジしたのかわからないけれど。まったく僕の詩の存在を知らなくて、新しくこういうことを考えた人がいたのかもしれませんが、びっくりしちゃいましたよ。それが腰痛の薬のコマーシャルなんです。驚いちゃいました。

こっちは真面目というか真摯に書いているつもりが、なにか半分お笑い風にアレンジされているという、全く僕の誇大妄想かもしれないんですけどね。これはね、テーマ的には、サラリーマン哀歌《エレジー》なんです。みなさんのお父さん、サラリーマンがほとんどだろうけれど。その人たちのことを考えて僕は……。僕自身もサラリーマン風のことをやってたことがありますけれど。朝早く起きてラッシュ時、人間が乗っているというよりも貨物……人間を物質化していますよね。貨物電車に乗せられているかのようにギシギシづめでずうっと行く。会社へ着くまで、とにかく周辺の風景を眺めながら行くわけ。今日の天気はどうだろうとか。鳥がさえずっているなどと目を遊ばせながら。そして、やっと職場へ着く。オフィスへ着き、どっこいしょと腰かけるわけ。やれやれ、今日一日の始まり、という風にね。

要するに彼らは同じことを繰り返す。「歩く、見る、座る」というのは、家から出てまず歩く。駅まで歩く。駅から電車に乗る。そして職場に近い駅へ。で、歩いて周りを見ながらオフィスに着く。自分のデスクに座る。あーやれやれ、今日も始まりだってことで。そして帰りは腰を上げ、また周辺を窺って歩いて帰る。その繰り返しってことなんですね。だんだん同じことを繰り返すと、普段見ている風景がもしかしたら別の風景に見えちゃうかもしれない。もう無色透明な風景に見えるかもしれない、ということを、歩くうちに、ふと考える。なんで俺は同じところへこうやっていかなければならないのか、同じような仕事をして俺の人生はこれで終わるのか、というようなことを考えるサラリーマンもいるだろう。それでもなおかつ、家族を養うために仕事をしなきゃいけないんだっていう。みんなそうやって生きているわけ。なかには詩人じゃないんだけど、第三の目を自分に向ける人がいて、それがしんどくなっちゃって。なんで俺は、同じことの繰り返しをしなきゃいけないのかって。ある日階段のあるとこなんかに立ち止まって考えてしまう。

で、考える構図がまさしく彫刻のロダン風になって固まって石となる、もしかしたら、それっきりになってしまう。行路病者っていうのか、もうこれでいいや、面倒くさいよこういうことをやるのは。そこで終わっちゃうかもれないっていう、悲しい詩なんです。最後はこういうことですね。夕闇がだんだん迫る、もう帰り道ですからね。ホームという形があっても限りなくホームが遠くなる。これどういうことかっていうと、その人には家がある。確かに我が家がある。我が家に帰ってくるんだけれども、核家族化っていうか、現代は快く父親を迎えてくれる家ばっかりじゃない。なかには遊びに行って、明かりが点いていないとか。なんで今日も遅くなったのかなんてね、まぁそういうことがあったり。男と女っていうのは、性格が究極的に違うんでね。違うからこそ、違いを分かったうえで互いが関わらなきゃならない。付き合わなきゃならない。男性と女性は性が違うように、ものの考え方全てことごとく基本的に違う。逆に違うっていうことがわかれば案外やっていける。あぁそういうことなのかってね。同じと思うから平行線をずっといっちゃうわけ。だからちょうど、アナログ人間とデジタル人間が違うっていうことが分かってて、どっかで一緒に共同して生きなきゃいけないっていうことと一緒なんですね。男と女は違う、違うからこそ互いに違いを分かったうえで関わると、互いにフォローできる、手を差し伸べることもできるだろうと。一緒だと思うとぶつかるだけなんです。基本的に違うのに一緒だと思うとね。その辺は、みなさん女性が多いけれども、何言ってるのよって、早く帰れなんて思っている人がいるかどうかわからない。まぁ、そういうことを僕は考えるわけ。

この詩はそういうことで、家へ帰っても性格が違うし、もう帰る気力もなくなっちゃう。もういいや、同じことの繰り返し、ここで石段にかけてじっとしていようと。自分の歩く、見る、座る、歩く、見る、座る、歩く、見る、座るがどこかで切れちゃう、停止しちゃう。するとその人はもう文字通り、組織社会の中で落伍者になってしまう。そこで哲学して考え、また立ち直るっていう手も無きにしも非ずですけどね。そんなことを僕は考え、この詩を創ったのです。「考える人」っていうね。日常生活、サラリーマン生活となんとロダンの「考える人」と美術とを重ね合わせしちゃったわけです。ロダンの「考える人」は、決してサラリーマンをモデルにしたわけではないですけれど。自由に勝手に想像の羽根をはばたかせたっていうか、そういうことですね。詩人っていうのは、ある意味で主観性が強い。だからやりきれないなぁとか、もうちょっと普通でいいよとかね、そういうことにもなりかねませんけれど。

詩人はこういいながら、やっぱり生きなければならない宿命を持っている。それにはやはり弱くてはだめ、強くなきゃいけない。強く強く、そして孤独に耐える。この国のなかでは、栄光の人になり得ないけれど。中国や韓国などでないから。将来的には日本も無償の行為を営々と続ける人たちについて、深く考えられるようになるといいですね。いつかはスポットライトを浴びることになるかもしれないけれど。現状はまだまだそこまでいっていない。基本的にはみなさんもやはりこの創造、クリエイション、クリエイティビティとそのイマジネーション、想像を創造的にしなければならない。想像力を持って創造しなければいけない。クリエイションとイマジネーション、その力をどんどん蓄えていってもらいたいと思います。

ということで、なにか一方的な……僕はやっぱり、古いタイプでしょうか。なんというか熱しちゃうというか、客観的、公平的にみなさんの立場になって思考することがない人間なんで。それをどう受け止めてもらえたか不安ですけれど、人間所詮、自分は自分でしかないっていうことですね。だからその自分をいかに貫けるか、貫くか、鍛えるかっていうことでしょうか。

最後に、僕は東日本大震災で、釜石で絵を描いていた叔父夫婦とその姉で所沢に住んでいた母を亡くしたけれども、そういうことに遭遇すると、最後はどうあがいても人間は一人で生まれ、一人で亡くなるのだと思う。最後はぽとり、骨ツボのなかへ収まるだけのこと。だから投げやりに生きろと言うわけでなく、だからこそ毎日が大切なのです。毎日の出会いを大切に、どうかこれからも一刻一刻を楽しみ、そして皆さん、目標へ向かって進んでください。

静聴、ありがとうございました。

二〇一四年三月十三日収録

ワシオ・トシヒコ年譜

一九四三年（昭和十八年）～一九六五年（昭和四十年）　零歳～二十二歳
十二月十九日、岩手県釜石市清水町に生まれる。本名、鷲尾俊彦。甲子小学校から東京の渋谷区立本町小学校へ転校、本町中学校卒業。高校、大学とも国学院に学び、「ワシオ・トシヒコ」のペンネームで、各サークル誌に詩、エッセイ、紀行文など書く。大学在学中から八王子の佐々木健太、石井隆、天野茂典などの詩誌「牧歌」参加。

一九六六年（昭和四十一年）　二十三歳
国語科教員として、岩手県立福岡工業高校勤務。詩集『星ひとつ』（私家版）上梓。大坪孝二、中村俊亮、北川れい、楢山芙二夫などの岩手県詩人クラブ入会。

一九六七年（昭和四十二年）　二十四歳
文筆で身を立てようと工業高校退職、帰京。

一九六八年（昭和四十三年）　二十五歳
第二十二回岩手芸術祭詩部門で「おかやどかりよ」佳作入選。山之口貘の一人娘・泉の友人であるアルバイト仲間の中村良三の口利きにより、金子光晴主宰詩誌「あいなめ」を紹介され、まもなく同人に。

一九六九年（昭和四十四年）　二十六歳
詩集『身売り話』（牧歌の会）上梓。中郡育雄詩集『青い墓標』（潮汐社）に跋文執筆。

一九七〇年（昭和四十五年）　二十七歳
この頃、詩歌句集専門の瓢簞堂（銀座ソニービル地下）契約店長となる。北園克衛、秋谷豊など来店。「潮流詩派」、「詩人会議」へ入会。『現代風刺詩集』（潮流出版社）に作品収録。「詩人会議」十二月号に〈今月の詩人〉として紹介され、作品四篇掲載。休刊の「あいなめ」同人梅田智江に誘われ自ら命名の詩誌「うむまあ」創刊、翌年に脱けるが、「ワシオ君の代わりに」という葉書で金子光晴が同人になる。
一九七一年（昭和四十六年）二十八歳
『現代青年詩集』（秋津書店）、詩人会議詩集『われらの地平』（飯塚書店）に作品収録。会田綱雄、緑川登の母岩社勤務、季刊詩誌「ピエロタ」編集の傍ら香川弘夫詩集『猫の墓』、『高柳重信全句集』、橋本一明遺稿詩集『モーツァルトの葬儀』など企画刊行。
一九七二年（昭和四十七年）二十九歳
釜山、ソウル、慶州へ神戸港から初の海外渡航。コピーライターとしてサトー・デザインセンター入社、毎日新聞社出版宣伝部へ出向勤務。渋谷・宮益坂の古書中村書店で、矢野文夫編著『野獣派長谷川利行』（芸術社）に邂逅。この頃、武田美由紀、藤沢典子などの「東京こむうぬ」の活動に刺激される。
一九七三年（昭和四十八年）三十歳
「月刊VISION」十二月号に「闇に生き狂う魂—長谷川利行」執筆、以後、「美術グラフ」「美術手帖」「三彩」「月刊美術」「新美術新聞」「アート・トップ」などの各美術紙誌に展評、エッセイなど次々と書く契機に。
一九七四年（昭和四十九年）三十一歳
サトー・デザインセンター退職、毎日新聞社出版宣伝部から異動の部長北島昇に誘われ、毎日グラフ別冊「一億人の昭和五十年史」の編集・取材に従事。同誌の大ヒットにより昭和史編集部として独立、以後〈一億人の昭和史〉シリーズとして時代を細分化、次々刊行。武田隆子に声を掛けられ、詩誌「幻視者」同人に。石寒太「うる」4号にワシオ・トシヒコの「列島鬼何学論」書く。

一九七六年（昭和五十一年）　三十三歳

梶原禮之と京都二泊、大阪一泊、保津川の川下り。

一九七七年（昭和五十二年）　三十四歳

詩集『都市荒野』（花神社）上梓。この頃東淵修の「銀河詩手帖」に関わり、舞台俳優松村彦次郎知る。秋山清を畏敬する加清あつむ（現・暮尾淳）などの詩誌「プラタナス」に加わる。企画した別冊一億人の昭和史「昭和文学作家史」（毎日新聞社）の編集・取材で、田宮虎彦、吉行淳之介など訪問。

一九七八年（昭和五十三年）　三十五歳

土橋治重に誘われ、詩誌「風」同人として迎えられる。福岡市在住の一読者、井本梨恵の出資・装丁で、現代句集『列島鬼何学』（葦書房）上梓。企画した別冊一億人の昭和史「昭和詩歌俳句史」（毎日新聞社）の編集・取材で、高柳重信、西脇順三郎、岡崎清一郎など訪ねる。

一九七九年（昭和五十四年）　三十六歳

『近代説話文学の構造』（明治書院）に、「詩の戦略――北原白秋と釈迢空」執筆。新批評・近代日本文学の構造『近代戦争文学』（国書刊行会）に、「太平洋戦争下の詩歌」執筆。日本ペンクラブ会員となる。

一九八〇年（昭和五十五年）　三十七歳

写真家SENGOを訪ね、パリへ。この頃、「岩手日報」に近況記事が頻繁に載る。

一九八一年（昭和五十六年）　三十八歳

毎日新聞社昭和史編集部から分離独立の毎日出版企画社退社。日本ジャーナリスト専門学院講師となり、「漢字演習」担当。日本現代詩人会会員となる。講談社フェーマススクール美術学院〈現代詩入門コース〉ゲスト講師となる。恒文社『ラフカディオ・ハーン著作集』第十一巻「月報」に、「ハーンと小泉清」執筆。この頃、文化学院の特別講座に出講。

一九八二年（昭和五十七年）　三十九歳

「毎日グラフ」に美術展評執筆開始。証言の昭和史『焼跡に流れるリンゴの唄』（学研）に、「断たれたままの絆——復員兵とその銃後出生児の戦後」執筆。日本現代詩文庫『土橋治重詩集』（土曜美術社）に、「土橋治重——その機智と諧謔の〝綱渡り詩〟」執筆。

一九八三年（昭和五十八年）　四十歳

美術評論家連盟会員となり、新人の発掘、異色物故作家の再評価、展示構成を核とする活動へ移行、公募団体展やコンクールの審査多くなる。

一九八四年（昭和五十九年）　四十一歳

生け花と茶道紙「日本女性新聞」の一月一日号に年頭詩書き始める、以降、恒例に。岩手県詩人クラブ編『岩手水詩集』に「釜石港」執筆。「週刊ポスト」〈男の詩〉に、「母港へ、母港から」執筆。楠本憲吉監修『暮らしの情報365日』（三宝社）に〈月々の色〉執筆担当。「脇田和、野見山暁治、宮崎進　新作三人展」（新宿・杏美画廊）のカタログへ序文書き始める。弥生美術館開館カタログに執筆。
一九八五年（昭和六十年）　四十二歳
ボードレール詩集『悪の華』の訳稿を寄付する贈呈式に招かれる矢野文夫に随行、岩手県一関市へ。西武アート・フォーラム「遠藤彰子展」カタログ執筆。
一九八六年（昭和六十一年）　四十三歳
ストライプハウス美術館「四方田草炎展」企画、翌年から〈異色物故作家シリーズ〉として企画し、展示構成も担当、十一年間つづく。「新美術新聞」〈新美術時評〉執筆開始。
一九八七年（昭和六十二年）　四十四歳
日本現代詩人会理事となり事務所問題担当、翌年再選されたが辞退。著書『具象系絵画の現在』（舷燈社）刊行。
一九八八年（昭和六十三年）　四十五歳
岩手放送ラジオ〈東京だより〉で、女優宮城千賀子と対談。『ブリタニカ国際年鑑』〈芸術・日本〉担当執筆開始。林壌詩集『鳥が降る』（薬玉社）に解説文。
一九八九年（平成元年）　四十六歳
著書『異色画家論ノート』（舷燈社）刊行。NHK教育テレビ〈日曜美術館「今週のギャラリー・小泉清」〉出演。ほかにもその後、同テレビ「ETV8文化ジャーナル」、テレビ朝日「プレステージ」などに出演。編著書『文銀姫水墨画集ヌード百態』（岩崎美術社）刊行。
一九九〇年（平成二年）　四十七歳
編著書『四方田草炎デッサン集』（岩崎美術社）刊行。中国美術家協会の招きで日本美術評論家代表団の一員として北京、西安、南京、蘇州、上海歴訪。島田紀夫監修『絵画の知識百科』（主婦と生活社）に「現在活躍中の洋画家と版画家」執筆。

長野県の辰野美術館で講演「第三十三回安井賞展とその周辺」。一九九一年（平成三年）四十八歳
「産経新聞」書評執筆開始。ロッテ美術館「韓日現代具象絵画展」日本側評論家としてソウルへ。日本現代詩人会編『現代の詩1991』（大和書房）に作品収録。故宮博物院「現代日本絵画展」実行委員として北京へ、同展カタログに執筆。
一九九二年（平成四年）四十九歳
八月、愛猫グレ子・家族の一員に。
一九九三年（平成五年）五十歳
北里研究所主催「第二回人間讃歌大賞展」審査員。ストライプハウス美術館公開講座「世紀末大学」で池田龍雄、井上武吉、大成浩、塚原琢哉、山口勝弘などと教授に。同「マニフェスト展」で、ミニマル・インスタレーション「黒地に赤く」出品。
一九九四年（平成六年）五十一歳
駿河台大学文化情報学部非常勤講師受諾、「芸術文化論」担当（〜二〇〇九年三月まで）。シカゴの「アート・フェア」へ、帰路ニューヨークに寄る。アートミュージアム・ギンザ「詩人によるアートフェスティバル」に写真出品、以後数回。枕崎市文化資料センター南溟館「現代美術選抜展」で、「公募団体とアカデミズムの周辺」と題し講演。
一九九五年（平成七年）五十二歳
編著書『画家小泉清の肖像』（恒文社）刊行、「朝日新聞」で富岡多恵子が書評。「第四十六回ベネチア国際美術ビエンナーレ」へ、帰路、南欧各地巡る。著書『現代画家へのメッセージ50人』（生活の友社、MADO美術文庫）刊行。

一九九六年（平成八年）　五十三歳
編著書『矢野文夫芸術論集』（舷燈社）刊行。
一九九七年（平成九年）　五十四歳
女子美術大学芸術学部非常勤講師となり、「総合科目」担当（二〇〇六年まで）。『香川弘夫・津軽街道の詩人』（刊行会）に、「詩集『猫の墓』のこと」執筆。
一九九八年（平成十年）　五十五歳
長野冬季オリンピック大会国際公募「小さな絵画、大きな輪」展（中野市主催）企画立案、審査員も兼ねる。武蔵野美術大学油絵研究室主催で特別レクチャー「危機を告げるカナリヤとなれ―ラインハルト・サビエについて」。年刊『詩と思想詩人集』（土曜美術社出版販売）に作品収録、以後、ほぼ毎年。
二〇〇〇年（平成十二年）　五十七歳
伊東市主催「第十八回伊豆美術絵画公募展」公開審査員。
二〇〇一年（平成十三年）　五十八歳
『三井葉子の世界』（深夜叢書社）に、「風は燃える魚の幻――夢溜の三井葉子詩」など転載収録。日本現代詩人会編『資料・現代の詩2001』（角川書店）に作品収録。秩父生協病院主催パネルディスカッション「心の癒しと芸術について」にパネリストとして出席。
二〇〇二年（平成十四年）　五十九歳
「月刊ねこ新聞」に「グレ子の次に可愛い『猫と毛糸』」執筆、後日そのまま「毎日新聞」企画特集ページに転載。「産経新聞」執筆の水墨画壇批評記事が反響を呼び、水墨画界への進出の契機に。山岸直子と平川正とのコラボレーション「黄色いテープの向こう側」（青山・スカイドアートプレイス）に展示構成で参加。

二〇〇三年（平成十五年）　六十歳
小川英晴編著『芸術の誕生』（彩流社）に、松永伍一との対談「無名と夭折」転載収録。新潟市美術館「丸山正三展」展示構成。

二〇〇四年（平成十六年）　六十一歳
神奈川県民ホール「ノー・ウォー美術家の集い横浜展」に詩作品展示。井上ひさし、大江健三郎、小田実、加藤周一などの〈九条の会〉アピール賛同者に。日本美術会主催シンポジウム「イラク戦争と美術を考える」に、増山麗奈などと共にパネリストとして出席。〈九条の会・詩人の輪〉の呼びかけ人に。「あさひふれんど千葉」に、松永伍一、太田治子などと共に〈リレー随筆〉執筆、現在までつづく。

二〇〇五年（平成十七年）　六十二歳
東京都美術館「第三十一回東京展」〈顕彰故展―室田豊四郎〉の展示構成、会報に執筆。
「第二回北京国際美術ビエンナーレ」学術シンポジウムのパネリストとして訪中、「時よ、もっとゆるやかに」と題し講演。損保ジャパン美術財団、産経新聞社主催「第二十五回選抜奨励展」（損保ジャパン美術財団東郷青児美術館）審査委員長。岩手県詩人クラブ編『岩手の詩』に作品収録。〈美術・九条の会〉呼びかけ人に。ニューヨークの隔月刊美術誌「NY　arts」展評執筆。

二〇〇六年（平成十八年）　六十三歳
「第二十回記念大田区在住作家美術展」（大田区民ホール）で詩「打上げ富士」

朗読。田中穣著『生きる　描く　愛する』（婦人之友社）収載画家四十二人の略歴執筆。新潟市美術館「丸山正三、素描の紙々展」展示構成、カタログ執筆。

二〇〇七年（平成十九年）　六十四歳

朝日アートギャラリー「第一回朝日・銀座展」で、村田慶之輔、佃堅輔、藤森照信、山本容子と共に審査員に。この頃より各処で、主に天童大人のプロデュースで、詩朗読とトーク開始。小川英晴解説『ワシオ・トシヒコ詩集』（土曜美術社出版販売）刊、月刊「詩と思想」8月号の〈日本の詩人〉にグラビアページで扱われ、エッセイとアルバム組まれる。「新協美術第50回記念展」作品集に巻頭文。ミワ・ローランと出遇い、啓発される。月刊「ギャラリー」に岡野浩二作品に既発表詩付け連載。

二〇〇八年（平成二十年）　六十五歳

月刊「美術の窓」の連載「ワシオ・トシヒコの眼の冒険」スタート。

二〇〇九年（平成二十一年）　六十六歳

青木繁「海の幸」会発足、理事就任。

二〇一〇年（平成二十二年）　六十七歳

月刊「ギャラリー」連載〈評論の眼〉執筆開始。岩手県釜石市から、釜石応援ふるさと大使に委嘱される。

二〇一一年（平成二十三年）　六十八歳

読売新聞に、東日本大震災で犠牲となった叔父村井進について談話証言、「中央公論」十二月号にも。

二〇一二年（平成二十四年）　六十九歳

詩集『晴れ、のち〈3・11〉』（土曜美術社出版販売）刊。文教大学大学院講演「詩と美術の間で」（茅ヶ崎市湘南校舎）。『写実画壇40周年記念作品集』に巻頭文書く。
二〇一三年（平成二十五年）　七十歳
ジェームス三木脚本、池田博穂監督独立プロ映画作品「渡されたバトンさよなら原発」に友人を誘い、エキストラ出演。
二〇一四年（平成二十六年）　七十一歳
「臼杵を描く絵画展」審査で、大分県臼杵市観光交流センターへ。この年の前後、四国、九州など各地の審査でたびたび渡航。
二〇一五年（平成二十七年）　七十二歳
美術公募団体「一水会展」外部審査員に。セントラルミュージアム銀座「第一回深見東州選りすぐり絵画展」カタログに巻頭文書き、展示構成も担当。
二〇一六年（平成二十八年）　七十三歳
福岡県田川市美術館開館25周年記念展「沸点」カタログ巻頭文執筆。月刊「ギャラリー」表紙の深見東州の絵に隔月で解説書き始める。
二〇一七年（平成二十九年）　七十四歳
文教大学学部生対象講演「現代美術の行方」。小野寺苓書き下ろし時代小説『茶杓』に引きつづき、『火』にも長文解説（勝どき書房）。「しんぶん赤旗」に「第70回記念日本アンデパンダン展」評執筆。

あとがき

世界には果たして、明日が在るのだろうか。突然このように問いかけると、余りにも唐突で悲観過ぎるかもしれない。それならいっそ、「世界」をゴール間近に迫った「私」と限定しても構わないだろう。そんなことをあれやこれや愚考するうち、これまで編んだ四冊の詩集と一冊の現代句集、拾遺作品などに朱を入れ、新たに構成し直し、定稿詩集として無性に残したくなった。

全体のタイトルが、『われはうたへど』。文語調で、随分投げやりと思われるかもしれない。「われ」とは、もちろん「私」。「うた」が「歌」で、「訴え」にも通じる。それを受けるのが、「破れかぶれ」の空ら元気。しかし実際の作品はどれもこれも、決して「破れかぶれ」なんかではない。いや、もっと破れかぶれでもよかった気がしないでもない。「定稿」には、いくらか「抵抗」のニュアンスを含ませている。

世界が乾きつつある現在にもかかわらず、相変らず民族的、伝統的に湿っぽいアジアのこの片隅。そこでできるだけ真っ正直に、精一杯声を挙げて生きようとする多面体人間の、この詩集はいわば、ユーモレスク・エレジー、混沌ブルースといった性格の自選定稿詩集、といえるかもしれない。

担当の佐相憲一さんには、万般にわたってお世話になった。版元のコールサック社・鈴木比佐雄さんにも感謝したい。ありがとうございました。

残り少ない二〇一七年、厳冬の誕生日前に

ワシオ・トシヒコ

石炭袋

ワシオ・トシヒコ定稿詩集『われはうたへど』

2017年12月19日初版発行
著　者　ワシオ・トシヒコ
編　集　佐相憲一
発行者　鈴木比佐雄

発行所　株式会社 コールサック社
〒173-0004　東京都板橋区板橋 2-63-4-209
電話 03-5944-3258　FAX 03-5944-3238
suzuki@coal-sack.com　http://www.coal-sack.com
郵便振替　00180-4-741802
印刷管理　（株）コールサック社　製作部

＊カバー写真　山本東陽　　＊装幀　奥川はるみ

落丁本・乱丁本はお取り替えいたします。
ISBN978-4-86435-319-9　C1092　￥1800E